# サール川の畔にて En las orillas del Sar

ロサリア・デ・カストロ Rosalía de Castro

桑原真夫 編訳

思潮社

サール川の流れ

サール川の流れ

ロサリアの生まれたサンティアゴ・デ・コンポステーラの大聖堂

ロサリアが幼少期を過ごしたレストローベの館

パドロン郊外のオルトーニョ（ロサリアが幼年期を過ごした住居）

ア・コルーニャ（ラ・コルーニャ）の街（マリア・ピタ広場）

ロサリア・デ・カストロ記念館

「ロサリア記念館」入口

Núm. 413847

CÉDULA PERSONAL.

Año económico de 1884-85.

PROVINCIA DE Coruña

11.ª clase.—50 céntimos de peseta.

2.287.356

D. Rosalía Castro Murguía natural

de Santiago provincia de Coruña

de 47 años de edad, de estado casada y profesion

habita en Matanza núm. cto.

y reside habitualmente en

En Padron 23 de Octubre de 1884

EL INTERESADO, EL Alcalde

ロサリアの身分証明書

ロサリアの胸像

ロサリア晩年の家族写真

# サール川の畔にて

ロサリア・デ・カストロ詩集

桑原真夫訳

思潮社

# 目次

装幀＝思潮社装幀室

# サール川の畔にて

A mi única nieta, Grace:

# 序章（第二版のため夫マヌエル・ムルギアにより追記）

## ～我が妻、故「ロサリア・デ・カストロ」へ～

その中に、美しくも、仔羊の心とライオンの心を
同時に育む　偉大なる神よ！　（古仏文詩より）

棺の四方の壁に囲まれて、私たちの到着を待っている彼女を見て私は叫んだ、「休ませなさい！　今は。傷ついた哀れな魂を。君はこの世で充分苦しんだのだから！」

この言葉は私の感情の赴くままに、心の奥底から搾り出した表現であり、真に本能的な叫びであった。これ以外の言葉で私の気持ちを表すことはできなかった。私以外のいかなる者も彼女が悲嘆にくれた日々に流した苦い涙を知る由もなく、彼女以外のどんな魂もこの地上において彼女が受けた以上の衝撃を耐えたことはないであろう。天も彼女の不運な死を哀れんだに違いない。

このように言う人がいるかもしれない。「もしかすると彼女は幸せや栄光の輝き、平和の

日々を持たなかったのかもしれない。彼女は、それらを願う祈りを捧げる日々を過ごしていたのだ」と。それは確かなことだ。子供たちは彼女にとってこの上ない慰めであった。彼女が苦悩したような日々がいずれ訪れるかもしれないという危惧に取り付かれた時でさえも。あぁ、そんなことはあってはならないはずだ！　それ以外の事柄については、彼女はあらゆる信頼と希望を神の手に委ね、神の限りない慈愛を信じていた。

家庭内の平穏な日常ほど彼女が幸せを感じることはなかった。彼女は栄光を手にすることに興味を持ってはいなかった。世間の空虚な雑音には扉を閉ざし、自分自身が望むほどにも忘れられる存在でもなかった。生活の喧騒にも無縁とは言えなかったし、それらが恐れや驚きをもたらすこともなかった。予想だにしなかった批判ほどには、彼女の心を乱すことはなかったからである。そのことはあたかも新たな拷問を彼女に強いるようなものであった。

彼女は自分が気づかないはずの無い、そして私自身が心を痛めていたある種の無関心には耐えていた。これらの批判が、もう不公正な域に達したものであったことから常々彼女は私にこのように言っていた。「この世において私の作品を判断する事ができるのは私以外にはいない」そしてまたこう言っていた。「ほっておきなさい。私たちは影のそのまた影にしかすぎない存在なのだから。もう少したてば私の名前すらも忘れられるでしょう。私たちの限界を超えた（手の届かない）人々にとっては何ら重要なことではないのだから」。彼女の言うことはもっともであった。あらゆる本に対して彼女が示す情熱にも拘わらず、世間は彼女にひどく冷淡に接した。達成した幸福と彼女が当然望んだ公正さの間には隔たりがあった。なぜならば彼女がガリシア語で出版した最初の詩集（『ガリシアの歌』）の持つ高い文学的価値にはこの価値を上回るとは言いがたい他の条件が結び付けられていた。この事実は彼女の本とそれによってもたらされた再生という行為を評価するうえで一考に価する。それは当時一般的であった表現に新たに加えられたものであるが、祖国の魂の真の表現者である彼女特有の比類なきものであった。そうした中で詩人に対して、いとも簡単に、一見穏やかではあるものの不公正な評価がなされた。それは彼女にとって悪意をもって槍の深い一撃を加えられることには及ばないものの、それとほとんど同等であると思える制限と不実を伴うものであった。

　幸いなことにこのような矛盾は彼女にとって気になるものではなかった。彼女は成功に対して関心は持たなかった。孤独と忘却とを好んだ。慰めようの無い状況の下でもし彼女を慰めるものがあったとしたら、それは天が与えた短い休息であり、そしてその機会に祖国を称え、他国を愛する事が出来る何かを生み出すための時間が与えられたことであった。私はその考えは理にかなっていたと思う。彼女に休息があたえられるべきであるのは当然なことだった。

　彼女のあの永遠の友、残念なことに同様に埋葬されたばかりではあるが、忘れ得ない存在であった友との思い出、それは私の心の中に深く刻み付けられている。その友とはクーロス・エンリケス（注1）である。彼は、後年、ロサリアとは不運に悩む者同士として苦しみと成功を分かち合った。そして彼女の作品を愛し、又彼女を先駆者として、そして姉のように慕っていた。

彼はロサリアの詩人としての魂を尊び、彼女を自らよりも高く評価した。二人は本当に双子同様であり、同じ理由で共に傷つき、重荷を共に耐えた。彼女は全てを超越していた。氷を割りながら（冷たい逆境をものともせず）、颯爽と道を歩み続け、調和ある語調（アクセント）を用いて、触発された魂に組する民衆と共に、あらゆる感情表現のために母国語を活かし、また、印象的な語調の作品においては、真の愛情と激情を注ぎ、おおいなる誠意をもって、より優れた者に対する期待に答えようと試みた。

私がはっきりと問いかけたいことは、一体、国内の何人の者達がこのように調和ある音律を用いて自らの考えや感情を表現しえる天分に幸運にも恵まれているのだろうか、いるとしてもそれらの者達は彼女と同等の水準に達することはできても、彼女を超えることができるのであろうかということである。彼女は一点の曇りもなく天に触ることができた（頂点を極めた）のだから。彼女にとって最も重要なことは、周りの者たちと、そして伝説的ですらある故郷とが、彼女に直接的に不運を齎し苦しめたことであった。

私たちのように彼女を愛していたものに対して彼女が残したものは、激烈な愛情と彼女を打ちのめしていた苦悩であった。彼女の詩を読めばその苦しみの大きさを察することができる。彼女を苛んでいたのは心の奥深くに閉じ込められていた悲痛なうめき声であり、それは彼女を打ちのめしていた多くの苦悩のうちのひとつであったと形容できる。感受性の鋭さを持ちあわせていれば、少なくとも彼女の傷の深さに胸が貫かれる。逆境の中にありながら雄々しく立ち上がり戦い続ける者がいるとすればそれは彼女である。その血潮の中に流れ、その心臓の鼓動に脈打つ、自身の民族を超える抑制不能な何かが存在していた。それはこのような心の声であったであろう。「死！　しかしながら私は死を耐えるにふさわしい生き方を知っている」。この点について彼女に匹敵する人物は存在する可能性はあるが、彼女を超えるものはいないであろう。

偉大な家族にはいつも同じような例が見られる。ロサリアについて語るとき、常に彼女が善良であり、素朴で飾り気がない、また彼女との触れ合いの中で彼女は慈悲深く他人の欠点について寛大であるという点では衆目が一致する。しかし彼女は傷ついていた。敵として攻撃され、逆境の中で批判にさらされたことで。彼女の尊厳は犯されてその重みは怒りへと変わる。虚栄心、栄光の輝きへの憧れ、自分や仲間たちを栄光により充足させようとする試み、優れた女性としての台頭、彼女はそのような感情を決して持とうとはしなかった。逆に彼女は勝利には関心を示さなかった。自宅で、一人で過ごすことに満足していた。世間並みの静謐な生活、息子や娘たちの成長を見守ることが楽しみであり、彼らとともに過ごすことが幸せだった。

健康に不安があり、感受性が高く、感情が高揚するたびに、より深く傷つく一人の女性から一体なにが期待できるのだろうか？　彼女は文学的結果について非常に真摯であり、作品に心の中の激しさを完全に反映しようと試み、そして成し遂げた。長い間執拗に彼女を揺さぶり続け、つらい閉塞感をもたらした時代の苦悩に彼女は近代詩人として耐えていた。彼女の詩には、自身を包み込む感情や衝動を表わしていない詩は一編たりとも無い。

不思議なことに、彼女が求めていたものはガリシア語で描いた詩を書く上での恩寵や真実でも無く、祖国の民衆の風習でも、時折突き動かす感情でも無く、力強い足跡を残したその特質でも、詩の神秘的な虚無でもない。そこにこそ彼女の勝利がある。ガリシアの子供たちはキューバの不変で静謐な空の下で、又、アルゼンチンの大平原の中でいつも詩を読んでいた。彼ら自身を代表する詩人の詩を。我々の中で決して消え去ることの無い愛情の対象であった詩人が存在した。その詩人こそロサリアであった。彼女は記憶の中に、魂の中に常に存在していた。そのことで故国を離れる悲しみの深淵が癒されていたのだ。

その詩には故国の事物への完全なる忠誠が改めて表現されている。それは故郷を離れざるを得なかった者達が真に求めていたものであった。詩人と民衆との内面的共感により民衆が彼女に与えた名前を彼女はもっとも喜んで受け入れていた。嘗て、吟遊詩人は詩と音楽とを見事につないでいた。だれもロサリアが吟遊詩人と同様であったとは言わないが、私は、彼女はそうすることを望んでいたのではないかと思っている。そして、彼女にとってそのことはたやすいことであっただろう。

＊　＊　＊

ロサリアの気質は音楽そのものだった。もし音楽教育を受けていたならば偉大な詩人であっ

た と同様に偉大な作曲家でもあったであろう。もちろん単なる技術的なモチーフからでも音楽的意図によるものでもなく、彼女に備わるカデンツァ（リズム感）に基づく、彼女の中に存在する圧倒的な才能によるものである。彼女はスペインにおいて支配的であった従来の韻律を破壊した最初の人物であった。その新奇性は大きな驚きをもたらした。

彼女の作品『サール川の畔にて』は、少なくとも一部の者達による視点からは許しがたい暴挙ですらあったが、その他の者達にとっては神秘的であった。だれもが判断を下すことを躊躇した上で告白することを決断したのだ。新奇性は彼女が得意とする新しい組合せであり、許容された慣習でも無く、彼女の耳（韻律性）を理解した訳でも無かった。しかしながら疑惑は一瞬の内に過ぎ去った。彼らが否定したのは新奇性であり、共感した点については沈黙で終始した。ところが、直後に別の人々が現れた。彼らは既成概念を打ち破った新奇性に賛同したのだった。しかし結果として彼女は罰を受けた。

そのような重要な位置を占めた者になにがしかの栄光がまだ残っているときですらこの不運な詩人は勝利を自覚することも楽しむこともなかった。彼女には不公平さに胸を痛め、この事実に異をとなえ、彼女が本能的で素朴な改革の先駆者であったと確言する現代の若手作家の出現が必要であった。本人は派閥を作ろうとはせず、一人きりでカスティーリャ語の韻律の支配を拡大し、古い型を打ち壊すことをよしとしたが、その代償は、並外れた韻律との新しい組合せは深刻な過ちであると面罵する批判の矢であった。当然ながらその試みは何らの罰にも値しないものであるにも拘わらず。

　悪いことに、この場合もそしていつの場合においても、死はその瞬間からおのずと忘却や無関心という変化を余儀なくさせる。生前にも行われたつまらない者達による彼女に対する対応は、死後も変わることはなかった。それは彼女の作品が国内に不在の同郷人、特にアメリカ大陸へと追いやられた貧しい同胞たちによって完全に受け入れられ、愛されたからである。

　誰もそれを止めることはできない。彼女は生涯、自らの作品に寄せる彼らの愛情と情念に答えるようにという義務感を抱いていた。彼らにとって彼女の詩は苦悩の日々における唯一の拠り所であった。あたかもその中に休息する記念物（モニュメント）のように。他のいかなる邪悪な意志もガリシア語の詩への取り扱い以下のことは出来ないほどの勝利であった。拙速に彼女の名誉を傷つけようと試みた者達も彼女の着想による成果の中に努力の欠如や相対的な長所と言った二義的な問題しか見つけ出すことができなかった。彼らによれば田舎者はそれ自体劣った存在であり、従って詩人が表現する彼らの言葉も又劣っているのである。しかもその後ロサリアがカスティーリャ語で書いた詩は古い韻律を見事に打ち壊したものであったので彼らは驚くべきことにそのことを、彼女を傷つける新しい材料として利用したのであった。あたかも密封した容器の如き彼女に内在した本質を過小評価したのだ。

＊　＊　＊

ラマルティーヌ(注2.)に対して、ロサリアは母親に相応しい優しさと愛情とともに賞賛し、母親を回想する権利を拒否した。妻に関する事実を、熱情をもって口にしようとする夫に対しては言うまでもない。愛する仲間の女性について語るドーデ(注3.)の言葉を反復することすら許されないであろう。ロサリアは余りにも善良で素朴で文学的に純粋であった。そして当然なことであるが、もし他の作家が、彼女が為しえた羨望すべき凝縮された表現の駆使を可能にしたとしても、ロサリアに与えられた評価を上回ることはできなかったであろう。

告白するが私にとってこのように話すことはあたかも聖なる行為のように思える。それ程この世の中で彼女ほど善良で温和な人はおらず、不運の時も大いなる苦悩の只中にあっても、彼女の唇からはいかなる不平不満も漏れることは無かった。また、彼女を身体的、精神的に覆いつくす苦しみや悩みに立ち向かう勇気を失うことも無かった。それだけではない。彼女は私に対する不公正な判断を引き起こすことすら恐れはしなかったとする私の考え方は正しいと思っている。というのはそれと同時に（死後の）彼女に対して同じような取り扱いはもうできないからである。しかも彼女に対してはもう新しい試練はふさわしくはない。閉ざされた孤独の中でそして質素で厳格な生活の中で、この世に聖なる存在の永遠なる模範を残した純粋な魂にとっても同じである。彼女は彼女の持ついくつかの特質の中でも、特に苦しみや心を傷つける不公正に耐える勇気を私たちに残していってくれた。死が彼女に平穏をもたらしたにも拘わらず、閉じかけた傷口を再び開こうとする、夫の軽率な行為とも呼べる行動を許してもらえるだろうか？

しかしながら次のように言う者もいるであろう。「家庭内の妻について語るべきでは無い。私たちに関心があるのは作家である彼女にとって重要なことのみだ。彼女個人に関わることは忘れて、他の人たちも知りたいと思っていることのみを語ろうではないか」と。もしこの文章が単なる苦悩の回想に終始するのであればそれは正しい指摘である。

彼女が墓地で眠りについて年月が過ぎ、その面影が消えてしまえば作品を評価する上で彼女の生涯の隠された部分へも踏み込もうとすることは不思議ではない。幸いなことにもしそうした側面が知られてはおらず、又、皆が事実を忘れ、それらの記憶すらも消えていたならば、こういう言い方が許されるとすると、彼女の内面にたどり着こうとする人たちにとって彼女の詩を読むための道しるべとなることができる。

彼女の詩には彼女自身と故国の人々の魂が映し出されている。彼女がこのように叫ぶ結果をもたらした、自分を苛む苦しみと禁欲主義に従って耐え続けた苦い思いを明らかにする。「聖アグスティンは言う。神は苦しみを愛せよとは命じてはおられない。それに耐えろと言われているのだ」。その言い方は論理にかなっている。この文章は彼女が試練の最中にしたためた手紙の追伸である。そしてロサリアは深くそして果てし無く続く不運に苦悩した！

＊　＊　＊

いずれにしても一人の女性の生涯というものはどんなに高名であっても、非常に単純なものである。彼女の場合も他の女性たちの場合と同様にふたつの日付によって限定されている。それは誕生の日と死亡の日とである。その他の日付は当人にとってのみ重要であるのだ。私達の作家は一八三七年二月二十四日にガリシアのサンティアゴで生を受け、一八八五年七月十五日にイリア（パドロン）で幕を閉じた。本当に短い生涯だった！

死は彼女の生涯の絶頂期に彼女を襲った。最後に子供たちを育てるという彼女を固く束縛していた優し過ぎるくびきから解放されて、彼女には真の安息が約束されていた。本当のところ誰も彼女と同じことを語ることはできない。彼女はすべての情熱と愛を注いで育児をおこなった。息子や娘たちの存在は彼女に他のものに向ける自由な時間を殆ど与えなかった。聖なる愛情に満ち溢れた聖なる職務への献身であった！

ロサリアは文学上の成功には無関心であり、栄光が失われることは何ら重要なことでは無いと思っていた。しかしながら言うまでも無く、自分が可能であると感じるあらゆる事を信じていた。それでも栄光ある業績を持つ彼女は自身の能力を最大限に発揮することが出来た。その時々に天賦の才能の果実を摘み取り、そして後世に残すことが可能であったのだ。

「天が望んだことでは無い。」その目が永遠に閉ざされた時、彼女はこのように叫ぶ事が出来た。なぜならばその時、以下のような苦い言葉に心から共感していたからである。「人間とはなんという不運な存在なのだろうか！　お前は休息という言葉を知らなかった。それが享受できたのは、埋葬のための土が遺体を覆ったときであった。なんと辛い休息であろうか！　死者よ。安らかに眠れ！　残された者達よ。汝らは泣くが良い！」

永遠なる休息のうちに多くの事柄が引き継がれた。一瞬の宿り場である墓地には過去に同じ役割を果たした仲間達がいる。死はだれに対しても平等であり、統治する者も農夫も等しく同じ大地で同じ夢を見る。家の窓を通じてロサリアは中庭とそこに影を与えるオリーブの木をよく眺めていた。その目はあの孤独、思い出に向けられていた。もちろんその直ぐ先には墓地がある事など知る由も無かった。

その前に聖なる愛の思い出と過去の影響を結びつける者は、人里離れた教会でそれらを称えるミサを行なうことを望んだ。それは過ぎ去る人としての偉大さのあらわれであり、彼女は教会にミサ曲を聴きに行った。私は息子や娘たちに囲まれて歩く彼女の姿を見ていた。彼女が歩む道は、太陽の光と平和とそして遺産として引き継いだかのような彼女が愛した美しい風景で満ち溢れていた。教会を去る前に彼女はお墓に接吻し幸せに満ちたまま帰宅した。その満足は魂の奥に、そして血潮の中に持ち続けた祈りへの権利を行使したからに他ならない。

＊＊＊

彼女にとっては聖なるそうした場所からほど近い場所「アルティヴォ・ミランダ」の麓にカ

ストロの旧家がたたずんでいる。その場所こそが彼女の高貴なる血統の原点である。そこで十六世紀においてガリシアが輩出した初めての詩人であるフアン・ロドリゲス・デ・パドロンが誕生し、十九世紀に至って彼女がその詩魂を引き継いだのである。古い宮殿にはいまだに尖塔つきのアーチが残っており、この由緒ある建物の長い歴史と、往時ここに住んでいた者達の隆盛を物語っている。彼女の作品と同様に、栄光ある作品「エル・シエルボ・リーブレ・デ・アモール」のページには、『サール川の畔にて』の中でロサリアが誰にもまねのできない韻律を用いて記憶をたどり賞賛したのと同じ方法で、古いイリアを取り巻く山河の正確で興味深い最も大切な叙述がなされている。

ガリシアの血脈の中にはそれらの場所とそこに住む人々への愛が存在した。彼女を支配するあらゆる感情のおかげで彼女は本能的に外部にあったものや例外的に関心を持っていたものを同化させた。そして驚くべきことに栄光ある推測によって農民の心の中の神秘を表現できたのだった。古いアレテン宮殿の高みから一体誰があの山河を支配していたのだろうか?それは判らないが判っていたことは彼女がそれを我が物として捕らえ、常に寄り添っていたことである。それはあらゆる虚栄とは無縁であり、彼女にはそれはもう沢山であった。

そんなものが無くとも彼女を取り巻くものは全て、幸せな日々と彼女の心に訴えるものについて語りかけ続けていた。又、彼女を苛んでいた過去の批判や苦悩を思い出させながら記憶の中で、先人の栄光ある事実と自らが落ち入っていた苦しみの淵とを結びつけた。それはあの孤独と孤独を実りある固有のものとした人々によって触発された、全身全霊を傾けて注いだ憐憫の情であった。彼女の寛大な慈悲は大地において、天の無慈悲や不運の冷酷さに苦しむあらゆる人々を包み込んだ。

従って彼女の作品は慈悲と革新の表出である。賞賛され、愛され、真にガリシアの大地を代弁していた。不思議なことに彼女の詩は、民衆の感情を内包したときにこそ農村のミューズとして受け入れられ、無学な人々の心に永遠に残る印を刻みつけ、彼女の名前は外国においてあらゆる時代に真に親しみ続けられた。彼女のガリシアの民の魂を貫いた作品は初期の段階から際立っており、ガリシアの故郷と非常に近いある地区の詩人は彼女に以下のような素晴らしい構成の詩を献上した。

「彼女の哀悼歌には民族のあらゆる天分が脈打っていた。
かくも美しく……　そして矢のように人の心の底を貫いた！
かくも聖なる……　そしてガリシアは膝を折って彼女の詩に耳を傾けた！」

＊　＊　＊

それにも拘わらず彼女を特に高く評価した表現も含めて、人々の評価は彼女の存命中もその心に届いていたわけでは無い。彼女の亡くなった当日、ラッセーニャ・ナショナーレというフィレンチェの有名な雑誌が届いた。その中で、簡潔ではあるが最近出版された『サール川の畔にて』のカスティーリャ語の詩が素晴らしいと高く評価していた。<Vorremmo —decía—che qualche gentil donna italiana ce ne regalase una traduzione, per che solo una donna puo degnamente entendere e interpretare cosi pura ed eletta poesía.>

その批評はスペインにおける批評家と比べても最も好意的なものだった。スペインでは、真摯な意見を反映していると理解されている記事においてすら「彼女の詩には聞きなれない構成があり、調和に欠ける」と評されていた。

彼女にとって正当な評価は、カスティーリャ語の古い音律を変えたという点に関する研究によって、同じ記事に、彼女のカスティーリャ語による詩が「我々の詩の世界、つまりスペインの詩の中で最もユニーク（独創的）なもののひとつである」として、最終的に先駆者として指摘されるまでに二十年以上の歳月を要したのだった。逆境による苦しみはそれに留まるばかりでは無く、彼女の心は一層大きな逆境にも耐える必要があった。われわれの新しい本である「先駆者」において彼女に捧げたページの存在を、彼女は知らなかった。私達はその記事で彼女を驚かせようとしたがその記述は彼女の命日に真に崇高な魂をガリシアが永遠に失ったことを発信するときの為にのみ役立ったのであった。もし直接彼女に読み上げる事ができたならばきっと喜んでくれたであろう。しかし不幸にもそれはかなわなかった。彼女にとって大きな慰めになったかもしれないにも拘わらず彼女はその慰めを手にすることはなかった。彼女の生涯はすべてこの調子であった。

＊　＊　＊

あの夏の日から数ヵ月私の中に満ちていた希望は失われ、彼女の周りの者達にとって死への恐れは次第に新しい恐れへと変わっていった。死は思いがけない事実でありその苦しみは大きかった。不運な彼女にとってもそれは同じであった。衰弱する様子を見て誰もが彼女の死期を悟ったときですら、私たちはその瞬間など訪れることはありえないと思っていた。

彼女自身も含めて苦しむことに疲れ、奇跡を期待することはあった。何度も墓の下で死の危険から逃れようとしていた彼女の姿が見られていた。神は自分を全身全霊で愛する者を残酷に傷つけることなどできない。ましてやすぐそこに別離が迫っている者を。彼女は苦悩のときにあってもいつも健気で自らの病を知らせようとせず希望への扉を常に開けようとしていた。自分たちよりもさらに恵まれない者達に対しては一層広い扉を。残された日々が少ないことを嫌というほど自覚していたからに他ならない。

ふたたび起き上がることができなくなる前にそして天が彼女に試練を与えることを望んだ受難の連続に降伏する前に、彼女は愛する者達と共にカリール（注4）を訪れた。死ぬ前に海を見ておきたかった。海は自然の中で常に彼女のお気に入りの場所であった。海辺にいれば、かつての幸せな日々を思い起こす事ができた。彼女はすでにあきらめていた。自室から出ることはできず、午後は座ったままで過ごした。太陽が海に完全に沈む前に、防波堤に腰をかけて汐交じりの空気を吸い、西の空を染めながら沈んで行く夏の終わりの燃える空を眺めていた。思い出が彼女の全身を包みこんでいた。訳のわからない悲しみが稲妻の如く目の前にきらめいたが、彼女に代わってこの世に残る娘たちを見ると心は和らいだ。若くして結婚したことから、既に成長した娘たちを見ることが出来るのは彼女にとって慰めであった。娘たちは彼女自身の若さの光明であった。

その日、港を離れて駅に向かう馬車を待っていたときに馬車の到着が遅れて待ちきれなくなったことがあった。そこで短い時間でもいいから再び海に行こうと思い立った。確かに死が目の前にせまっていることへの漠然とした恐怖から常に逃れられないものの、彼女にとってはそのようなちょっとした不運も休息となり、また、思いがけない楽しみを齎した。

浜辺にあるすべて、空気、ざわめきは彼女の表情を明るくさせた。私が何よりも大切に思えたことは、娘たちに囲まれて歩いて乗り込んだ馬車のなかで、彼女が馬車の開いたドアーに心地よい疲れに顔を太陽の光で輝かせていたことであった。まだ若く、いつもの、周りの者達に向けるあのにこやかな様子で。娘たちにとってこの時が母との最期の日々であった。彼女は汽車の発車を待っていた。平和な甘い光明、私の良く知っている過去の幸せな日々を思い起こさせる一陣の風が吹いた。その気持ちは希望というよりもそれほど急には私たちを置いて彼女が行ってしまったりはしないだろうという安心感であった。

しかし彼女と別れた者達のうち何人かの善良な魂の持ち主たちはそうは思っていなかった。別れは確実に訪れると悟っていた。だから彼らはロサリアを一人で帰らせることはせずに自宅まで送っていくことを望んだ。彼女自身が手入れした自宅の庭で家族の愛の手に再び委ねるまで付き添った。この！　善良で聖なる友人のため、無意識の内に付き添った人々に幸あれ！

彼らはガリシア女性のあらゆる美徳を備えたこの地域を代表する女性の栄光に満ちた高貴な姿が、彼女の死によって本当に消失してしまうということをまだ理解していなかった。

＊　＊　＊

彼女の今際の際の苦しみがいかなるものであったかは今になってようやく話すことが出来る。苦悶の極みの中で彼女はその痛みに耐えたが、彼女を愛する者達にはその姿を見ることは耐えがたかった。愛される者の墓を覆うヴェールは、死の瞬間に我々を取り巻くあらゆるものの上に逆境が繰り広げる、心の中の不安と感情が、新しく再生すると知覚しない限り、取り払われることは無い……。

マヌエル・ムルギア

（注1）Manuel Curros Enríquez（一八五一年オウレンセ生まれ、一九〇八年ハバナで死去）。ロサリア・デ・カストロやエドワルド・ポンダールとともにガリシア文藝復興に尽くした文学者。
（注2）Alphonse Marie Louis de Prat de Lamartine（一七九〇年マコン生まれ、一八六九年パリで死去）。フランスの詩人、著作家、政治家。ロマン派の代表的詩人で、フランスにおける近代抒情詩の祖と言われる。
（注3）Alphonse Daudet（一八四〇年ニーム生まれ、一八九七年パリで死去）。『アルルの女』や『風車小屋便り』で有名なフランスの小説家。
（注4）下リアス地方のアウロサ（アロサ）入江に面する小さな港町。

第一章
# サール川の畔にて

I

常盤の枝葉を通して
絶えざるざわめきが聞こえてくる、
寄せ来る緑なす波の海に、
小鳥たちの愛の巣があり、
　家の窓から私は見ている
私がかくも愛した教会を。

　かくも愛せし教会……
けれども今も愛していると言えるかどうか、
めくるめく　うつろいのなか

絶え間なく揺れる私の思考、
私は　冷厳なる恨みが
私の心の中で愛と一つとなって生きているかと　疑うのである。

II

もう一度！　疲れ果てた戦いの後に
そして　明日の寝床も分からない
流浪の旅人の
苦い不確実性、
素朴な涙とともに
私の魂が見つけた　短い休息の場所。

静謐な或るやすらぎ
暗くそして幸せな、
それは深く沈んだ夜の中に
愛した人の一つの思い出、

黒々とした裏切りと累々とした幸せが
同時に私たちに語りかける。

私はもう泣かない……、とはいえ、
狭く暗い牢獄のように、
私の心は疲れ悲しみに沈んでいる
　空間を充満する
　光の波の中で水浴びをするために
　私は闇から解放されねばならない。

　まるで見知らぬ土地で
　　臆病で無愛想な自分が
遠い森や小高い林から見つめている
　　そして花開く小道の隅々で
微笑ましい希望が
　　私を待っている。

## III

私の心の中に響き渡る
私を呼びにやって来た音を　私は聞いている
夜明けを告げる木霊とともに、
　　優しい愛撫とともに
　黄金の太陽の光が
私の静かな存在を照らしていた。

　澄んだ空気が、バラ色の光が、
　何と幸せな目覚めであることか！
信仰の目により
　乳色の雲の間に私はかつて見た
天空の羽衣をまとった
　金色の翼の天使たちの姿を……

あの太陽はいつもと変わらない、
　しかしもうそれらの面影が私を捉えることはない
そして雲と空を通り過ぎ、
形を持たない水や、
透明な青色の空気の中に、
あぁ！　それらを求め探すことはすでに虚しいことだ。

　葉の生い茂ったしげみの間の
　白く無人の道が
そしてサール川を分ける森と林の
心地よい神秘さとともに、
終わることのない美しい世界に
私を導き誘《いざな》う。

　ここから下りてゆこう
そうすれば我々は古い道に出会えるだろう、

淋しく、険しく、無人の道ではあるが、
　そしてそれは　何と変わってしまったことか、
過ぎ去った時代には　我々が崇拝していた天使たちが
　ずっと私の心を満たしていたというのに。

IV

無益な徒労の後、私は力を使い果たし、
懐かしい私の道を歩み始める
　そこは常に神聖で純真な泉の湧き出るところ、
そして虚ろな目線とともに、私は平原に捜す
砂漠や無人の道には生えることのない
処女の新鮮さのような　遅咲きの花や、
失われた空しい影や、死んでしまった希望を。

　濃い繁みの後ろの薄暗いトラバンカから、
小道の近く　凛々しく　塔が立ち

草木で覆われた輪郭が見える、
枝の間に暫しの安らぎを求め
広い沃野から陽が登り、
　陽光が横切り、　喜びに満ちた幻惑に
瞳を閉じる。

消えてしまった木霊のように、　故郷訛りの友のように
　それは優しい夢、
ゆるやかな荷車の軋む音とともに
風に運ばれ、　私の耳に届く
あの麗しく輝かしい日々
私の憂いは恋人の嘆きであり、
また黄金の夢であり、　聖なる喜びであった。

音たけく遠くダムの音……、　近く、　鳥の巣から、
　小鳥たちの安らぎの鳴き声、

白いヤツガシラが新鮮な水を飲み
そこに私は祖国の希望を信じたのだった
甘い蜜も　今では苦い飲み物
忘却の水、死んだ兄弟の、
そこには高見から帰ってきたアマツバメが飛び
　その影が飛び交い
そして川の畔の叢《くさむら》に、かけがえのない
白い水仙が輝く。

V

沃野よ　おまえは何と美しい、あぁ、パドロン、あぁ、イリア・フラヴィア！
けれども　その情熱　そして若者の生気と活力
　それらはあなたの乳房から出たもの、
喉の渇いた子供のために　白い乳房から甘い汁が吹き出す、
　白く豊かな乳房、
苦悩の激流の中の暗い私の存在から

盲目の無節操の一掃により
純粋な姿が、懐かしい想い出が、
　　愛の溜息が過ぎてゆく。

あなたの優しいざわめきは　何と素晴らしい調和、
そして今は　荒々しく硬直した魂
　　苦しみはいや増すばかり。
処女の芳しさを持った花々は萎れ、
空の青さも、瑞々しい草原も、
　　純粋な夜明けも　消え去った。

年を経た雪は、まるで氷の淋しさ
その魂は　すべての甘い誘いと
　　すべての幻想を否定する。
ただ不安で一杯の幻滅、
　　そして厳しい寒さ、

私の胸を締め付ける苦悩は高まり、
　そして心の傷は深まる、
永遠の命の泉の湧き出るところ、
　私は天から見放される。

VI

おぉ、大地よ、昔も今も、変わることのない　豊穣と美！
我々の運命の星が　サール川の畔近く
　淋しく輝きながらやって来た、
破滅的な渇きを感じながら、私を黙らせるため、
怒り狂った強風が我々の叫びを奪い取るとき、
感情の鎮圧と、
正義への渇望は、
　決して抑えることはできない。

生まれたばかりの曙の　生温かな光は虚しく

誇り高きミランダの後方より、
谷と頂きとを金色に染め　生き生きとした輝きとともに、
五月の太陽が嫋やかに届き　香りに満たされる、
バラの花冠をつけた子供の顔とともに、
そして聖なる光。
私の心の中で　憎悪と愛とを同時に見る、
栄光と苦悩とが混ざり合い、
私のこめかみには殉教者の疲れ切った冠、
そして私の乳房は冷え切り、空になる。

Ⅶ

私の人生の希望には　あまりに
悲しく色褪せた日没がやって来た、
私たちは暗く、壊れて寒い我が家へと、
一歩一歩帰ってゆこう、
この一日の白い光が

優しく　私の苦しみを和らげてくれるから。

不吉な鳥は幸せな黒い巣を探し
猛獣は隠された巣窟で休息し、
墓には死人がおり、忘却の中に悲しみがあり
　そして砂漠の中に　我が魂がある。

（語彙注釈）
◇トラバンカ：サモラ県のドウロ川に沿った、ポルトガルとの国境に近い町。
◇パドロン：サンティアゴ・デ・コンポステーラから南に21キロメートルの人口九千人の町。ロサリア・デ・カストロの終焉の地であり、その住居は「ロサリア・デ・カストロ記念館」として公開されている。

◇イリア・フラヴィア：パドロンの北部の町。ノーベル文学賞作家のカミロ・ホセ・セラの生地。
◇サール川：サンティアゴ・デ・コンポステーラ西部より流出し、パドロンでウジャ川と合流した後、アロウサ湾に注ぐ川。
◇ミランダ：サラマンカの南西、ポルトガル国境に近い町。

第二章
# 高き木々

高き木々、
そして低き木々、
永遠なる緑と新鮮さとともに
魂に呼びかける
野生の歌のように、
まるで水に打ち付け唸る
海の怒涛、塩辛さとともに、
天に向かって立ち上がる列柱
山の松木。

高所より霧は降下する
　そして梢を包み込む
香りを放ちながら、心地よく　そして気高く
　その猛々しさ
　カストロの山の王冠、
曙の光で
爽やかに洗照する小川が
木々の足元で燦然と輝く
そしてカラスたちが翼を羽ばたかせ
　甲高く鳴きながら
　その影をひそめる。

　疲労困憊の旅人は、
曲がりくねった道を見る
まだ道のりは遠く、歩行は続く、
旅人の足は丘の麓で止まり、

その心に俄かに自然の歌が奏でる、
　鳥たちが、泉が、
　木々が、岩が。

〈語彙注釈〉
◇カストロの山：パドロンよりポンテベドラに向かう道の東方にある山。

# 第三章
# 穏やかな日であった

穏やかな日であった
そして日がな一日暖かく、
そして雨が降り、雨が降り、
静かで　温和で、
静寂とともに
私は泣いていた　慟哭していた、
我が子が、幼子が、
眠るように　死んでしまった。
この世から逃れてゆくその顔はなんと安らかであることか！
目の前から遠ざかる我が子を見ることは何という拷問か！

埋葬の前の屍にかける土
腐敗が始まる前に……、あぁ土を！
墓穴はすでに土で覆われた、そして私は心安らぐ、
やがてこれらの土壌の上に
緑の生き生きとした草花が顔を出すであろう。

墓の土の中に何を捜そうとするのか、
見るも恐ろしい、考えることもできない？
あなたたちは死について時間を費やしてはならない！
死体は決して生き返ることはない
あなたたちを困らせることもない。

何ということを！　もうすべてが終わってしまったということが
本当なのであろうか？
いいえ、永遠なるものを終わらすことはできない、

広大無辺なるものに結末もありえない。
　おまえは逝ってしまったけれども、私の魂は
深い愛情とともにおまえを追いかける、
そして私たちが落ち合うその場所に、
幸せに満ちて、私は行ったり来たりするだろう。

決して死ぬることのない
　おまえの肉体の一部が私の心の中に残っている、
そして、神様、別れて二度と帰ってこない、
　あの世の我が子への私の思いをお許しください。

天国で、現世で、死後の世界で
　私はおまえを見つけ、おまえは私を見つける。
いいえ、永遠なるものは終わらすことはできない、
広大無辺なるものに結末もありえない。

けれども……本当かしら、我が子が
　不帰の客となってしまったとは。
人に永遠なるものはない、
この地上の世界の一日の宿泊者、
生まれ、生き、最後には死が、
すべての人々が生まれ、生き、死する。

第四章
# コケの間でホタルが光る

コケの間でホタルが光る
そして星が中天で煌めく、
頭上の深淵で　そして目もくらむ深淵で
いったい　死とは　そして　死後とは？
　考えることの虚しさ
不可解なものへの探求と調査、　あぁ科学よ！
いつも我々は最終的に　死というものに
死後というものに　無知である。

　未熟な私は跪き、

心を　無限の中に沈めた、
もしかすると不信心な、天に問いただす
そして同時に地獄にも、私は身震いし躊躇う。
私たちとは何なのか？死とは何なのか？
響き渡る鐘の音が私の悲哀に木霊する
高見から、そして力なく泣き崩れる
熱き涙に　私の顔はくしゃくしゃとなっていた。
恐ろしい苦悩よ！　神よ　あなたのみが
私の苦しみを分かり理解できる、私の神よ！

慈悲深く哀れみ深い主よ、
あなたは本当にご存知なのだろうか？
神への信仰が私の瞳に返ってくる
私が無くした深い信仰、
どうか救いたまえ、
この世でも、あの世でも

放浪や　孤児や　無慈悲の
忌まわしい世界から。

死について考える、しかしそれはいつも無言、
　そして神の兆しもない
神の顔は、暗闇に包まれ
心は辱めを受けたまま。
　いつまでも無言の、ただ神秘的な
　　オルガンの音が
低く暗いアーチの　無人の
　　難破船の中で　鳴り響く。

　多分、すべては終わり、私の苦悩は和らいだが、
　　危険は更に深まった、
あらゆるものは、私たちに投げかけられた靄のような疑念
信仰を失い神の不信への恐怖。

無人の世界、空っぽの天空、
病んだ魂は　地上の塵となる
　神聖なる祭壇
そこには私の溜息が激しく息づいている、
　千切れた無数の断片
　私の神は地に落ちた、
そして熱望とともに模索しながら私は突き当たる
虚空の広大なる孤独。

　神出鬼没の天使たちは
　大理石の後ろの空天から
私を悲しく見つめていた
そして私の耳に優しい声が鳴り響く、
「憐れむべき魂よ、待ちなさいそして泣きなさい
　神の御前の足元で、

けれども忘れてはなりません
アダムという泥で作られた偶像の
信仰心を無くした心の　傲慢な叫びの声は
決して天国には届かなかったことを。」

第五章
# 陽が暮れていた

陽が暮れていた、そしてそよ風に揺られて、
オークの木の萎れた葉っぱたちが
静かに　そしてかさこそと
　泥土の上に落ちていた。
それらは、四月には　かくも愛らしく純真に
花咲き誇ったことであろう。

　あぁ、すでに気まぐれで美しい秋。
何と移り気で激しい楽しさよ！
集められた落葉の墓には

ただ希望と微笑とが垣間見える。

光は消え、夜が訪れた
まるで死人のように　そして苦悩のように、陰鬱に。
雷が鳴り、川は氾濫し、
何人もの犠牲者たちをその流れに引き込む、
幸せな人も満ち足りた人も……
あぁ、季節の移り気な気まぐれよ！

第六章
# 波の音に寄せて

波音の絶えざるざわめきと
　　唸る風の音、
林や雲を照らす
　　不確かなきらめきと、
時折聞こえる鳥の鳴き声、
田舎の忘れ去られた香りを
　　谷から　頂きから
　　西風が奪う、
私の探し求める隠れ家
　　人の世の
　　重さに耐えかねて。

第七章
# 浜辺の、乾いた砂は

浜辺の、乾いた砂は
焼け付くような太陽の口づけを感じながら、
近くには、いつも瑞々しい波が
ゆっくりとざわめきながら打ち寄せている。
私の運命にも似た哀れな砂よ、
おまえたちを見るにつけ私の胸は痛む、
私が渇きや断末魔に苦しんだように、
タンタロスの拷問は止むことがない。

しかし、誰がそれを知っていようか……?

もしかすると　いつか神秘的な限界を乗り越えて、
海はおまえたちの足元に到達し
おまえたちの永遠の渇きを解消してくれよう。
　何世紀も後になって、苦悶と不可能な熱望との
燃えるような魂の渇きを　終に満たしてくれる、
天使達の愛の泉が潤う日が
やって来ると誰がまた知っていようか！

（語彙注釈）
◇タンタロスの拷問：神の怒りをかったタンタロス（ギリシャ神話のリュディア王）
　は、不死の体のまま永遠に止むことのない飢えと渇きに苛まれ続ける。

第八章
# 悲しみ

## I

ケチとさもしさとが混同した
　　あまりに無知な人々、
神のかたくなな不公平さ、
人々の死すべき残忍さ、　飢えたキツネが
野原で無防備なキジバトを狙うように、
我々を見つけて追いかける
逃避することは不可能なのだ！
　　彼らの卑怯な怒りから隠れるためには
山の中や、　都市の中や、　あるいは隠居の土地までも必要なのだ
あっちに行ってしまえ！　と彼らは叫ぶ、

あっちに行ってしまえ！　と我々を侮辱する
そして満足気に我々に指図する、
彼らの容赦ない復讐心に満ちた手は
我々を淋しい逃亡者たる犯人に仕立てる。

Ⅱ

終に私の魂は泡立つ汚水の中に落ちた、
奔放な流れの中、私は川の深淵まで落下し
もはや清澄な水面に立ち返ることはできない。
すでに傷ついた高貴な心の
もっとも奥深く、
おぞましく寒々とした轟音が鳴り響いた
　希望を抹殺し
高邁に生きることを打ち砕き、
音もなく恐ろしい翼を折り曲げ、
魂は遠い霧のなかに包まれる。

## Ⅲ

おまえたちの夢を実現した幸せな人々よ、
果敢無い夢からおまえたちは何を学んだのか？
苦しみながらも歓びを得る人々よ、
永遠の涙からおまえたちは何を学んだのか？
そして、いずれ夜明けが振り払う霧のような
おまえたちの思い出よ、
それらがもたらす永遠の苦悩を
おまえたちは知っているのだろうか！

## Ⅳ

一輪の花が草木の中で花開くとき
爽やかな蕾の花芯が顔を出す、
その時　ゆっくりと芝の中から現れた
カタツムリは　それを襲い貪り食う。

無神論者の魂が
深くおぞましい暗闇で
信仰の光線を輝かせようとするとき、
疑念がやってきてその上に巨大な影を落とす。

V

それぞれの新鮮な芽に、それぞれの立ち上がったバラに、
無数の露が　昇ったばかりの太陽に輝いている、
けれどもそれは痛ましい血で大地を受胎させた
悲しみをまき散らす涙である。

リズミカルな水と風の音がざわめき、
周りは心地よい芳香で満たされていた、
けれども私の魂には　他者には聞こえない　息苦しい叫び声と
脅しの　密かな怒声が聞こえるのであった。

間違いなく！　無数の星々による、輝く光は
最も隠された　深みまで届いている、
　けれどもそれらの煌々たる光線は
おまえの周りの濃い霧を決して払拭することはない。

希望により、熱望の花はどこで生まれるのであろうか？
私の魂が芽吹こうとすれば、不毛のエゴイスムの霜の下で
あるいは愚かな暗闇の幻滅により
それはどこでも枯れてしまうのだ。

　そして広大な海と肥沃な沃野、
鳥たち、花々そして熟した果実、それらは虚しい！
信仰を失った者にとって、この空の下には
悲しみを抱いた暗い静止があるばかりなのだ。

## Ⅵ

生きている人々は益々逃げてゆき、
彼らは益々死者たちと話をする、
そして我々に疲労が広がるとき、
　平和と夢のため、
　体は休息を求め、
　魂は永遠を求める。

## Ⅶ

山で追跡されていると危機を感じたオオカミは
人間たちのいる村に降りてくる、
私の魂は悲しみを追い回す人間から逃れるため
山の動物たちの間に淋しい避難所を捜した。

太陽は暗い洞窟を熱していた、

月は慈悲深く眠ることをやめ、
野生の樹木は果実を実らせ、
泉は心地よい新鮮な水で満たされた。

ほどなくして太陽の光線は雲に隠され
月は霧の中の私の姿を気遣った、
私の額は乾き　木は同時に、
影を消し、それらの果実も失われた。

山から離れ、新天地のもと
平原で他の木と果実を捜した、
そして名前も知らない深い川を探し
乾燥した唇が清らかな水を求めた。

何という無情！　夜は容赦なくやって来た、
そして　苦悶の渇き　塗炭の飢え、

何という無情！　木は一本もなく、天も、川も、
与えられる果実も、光も、水もない。

その一方で　忘却と、疑念と、死は
悲しみの周りの影を大きくする、
そして　僻遠の　人生の光は
傷ついた目を優しく輝かせてくれる。

いつでも財宝が手に入る幸せな人々は
静かに！　静かに！　と、口を揃える……
しかし信仰を失った人々は　悲しみを忘れるため
レテオ川の深みを流れる黒い水を　走りながら探している。

（語彙注釈）

◇レテオ川：ギリシャ神話で地獄の川の一つ。その水を飲むと全てが忘れられる。古代ギリシャでは、再生する前にこの水を飲むと死者の過去の全てを忘れることができると言われた。

第九章
# オークの木

## I

あの過ぎ去った日々に、魂は
聖なる思い出で満たされていた、
麗しの野の　私の大地、
貧しい人々の宝物は　家庭の熾火、
それは小屋の奥で赤々と燃えていた、
そして子供や老人の
寒さや凍えで　空腹の
　虐げられた人々を温めていた。

円く置かれた炬火のそばで、

母親は元気な男の子を
　両腕の中で寝かしつけていた、
弱々しいおばあさんは
節くれだった指で、紡錘をクルクル回していた、
そして炎の暖かい輝きとともに、
娘は小麦粉を篩いにかけ、
　小さくまめだらけの手で
黄金色のトウモロコシの穂から
実を取り出していた。

冬には　家庭の愛に温まりながら
田舎の貧しい家族は
不幸にも
自分たちの貧しさを忘れてしまっていた、
そして満足した老人と子供は
藁の寝床で眠り込んでいた、

まるで小鳥が母親の翼で保護されて
巣の中で眠るように。

II

冷酷な斧により、何という素早さで
　カシとオークは
　大地に切り倒されることか！
そして　暖かな朝日の日差しにより、
　山の頂きは
　まるで金色に輝く！

そこは　昨日まで　鬱蒼たる
　森や林であった、
甘い神秘に包まれて
　夜明けの明るさの中
　朝霧が立ち込めていた、

花々の間には　清澄な泉が湧き
コケがその上に広がっていた、
今日　その丘は乾き干乾び
　崩れて　黒く
　深い裂け目となっている。

もう小鳥たちは丘の上では　愛の歌を
歌わない、群れも作らない
五月　繁みに夜明けの陽が当たっても
丸裸のオークは動かない。
ただ木霊を伝える風が過ぎてゆき
　カラスが鳴き、
　オオカミの遠吠えが聞こえる。

Ⅲ

山の麓の所々に

暗く広く斑点が見える、
険しい山の中に野営する
鍛えられた軍隊のように、
　無言の威嚇が
　叫び声となって飛び交う。

肌蹴た地面の　松林は
古《いにしえ》の衣服を与えられたような
粗野な飾りのような、
そして辱しめのような時を経て
岩だらけの荒れ地に
　緑をなしている。

　頑固で高木の木は、大西洋の
波音を聞きながら
真っ白な砂浜の、

海岸の微風に　微かな葉音をたてている、
私はおまえが好きだよ！　私の視線は歓びに
うとうとと安らう
天空に立つ勇敢な樹冠は
消えゆく太陽の光を見送りながら、
宵の明星に挨拶をし
誇らかに輝いている。

　しかし、ケルトの神聖なるカシの木よ、
そして、枝振りが年月を経たオークの木よ、
おまえたちはその枝葉で　五月の
新鮮な露で縁取られた頂上よりも
もっと美しい
そこには夜明けの光線が屈折し、
荘厳な館と
　深い並木が出現する。

時がたち、　秋がきて、
萎れた落葉が舞い、
あぁ、　オークよ！　そして落葉よ、
高邁なコケの絨毯、
何と美しい原野か！
何と嫋やかな林か！
日が沈むころ　私は思い出す
森の奥深く
あのざわめきが立ち上がり
東風《こち》が音をたて　過ぎゆき
一陣の風が　萎れた枯葉を
撒き散らす
冷たい川床には
小川が水嵩を増して流れ
彷徨う魂は心震える

そこには　懐かしい想い出が眠り
苦悩する故郷が　静かに
棘の寝床で待っている、
　あの　栄光の日を
　その時を　夢見て
ガリシアは　確かな手で勝たねばならない、
　抑圧された　悪に
　殺人犯の　謀略に。

IV

オークよ帰っておいで、祖国の木よ、
剥き出しの山に　優しい日蔭を作るため、
嘗て　イルマンディーニャの戦争で　ガイータが
我々の祖先の魂を励ましたように、
そして今　母親の歌のような、風と水とが
　単調な木霊となって

そのリズムを奏でている
厳しく続く冬の夜　柳の小枝の揺り籠の中で
子供は眠りに就いていた。
あぁ、オークよ！　おまえは何と美しい、
凛々しく頂上をなし
そして優しく可愛い坂道の
この地面に立ち、枝々の日影が
青白い天使の顔のように広がる
波立ち　金髪の　頭髪は
巻き毛の雨のように
真珠の額を愛撫する。

オークよ、早く私たちの森に帰ってきておくれ！
急いでおくれ、いつかきっと妖精が
おまえの影を　ガリシアの英雄のため
鮮やかな花冠に

織ってくれるだろう。

（語彙注釈）

◇イルマンディィージャの戦争：ガリシアの土族と貴族とによる、雌雄を決する壮大な戦争（一四六七年〜一四六九年）。このときガイータの音が土族たちの兵士を鼓舞した。

◇ガイータ：ガリシア地方の風笛（バグパイプ）。

第十章

# 長く古い道

長く古い道のあちこちに　松林があり、
岩の上にはコケが芽吹き、
湧き出る泉は、
谷に落ちる流れの轟音とともに、
太陽の光線を輝かせながら
緑の海に消えてゆく、
それらはいくつもの清らかな小川となり
野の花々を咲かせ
サールで一つの流れとなり　川となる
それは穏やかに眠る子供のように、

天空の青を反射しながら、
隠れるように木立の間をゆっくりと流れゆく。

　程近く、オークの深い林があり
その中の静けさは　彼らの翼を拡げ
そして私の詩的霊感を拡げる、
そこは　私たちの隠れ家であり住居である、
いつも私が私の影を呼び起こすと、彼らはやって来る
あるいは私が彼らを呼べば　それに答えてやって来る。

第十一章
# 情熱はあなたの墓に眠る

情熱はあなたの墓に眠っている
　虚しい夢よ、
それは、打ちひしがれた精神の狂気であるのか
それとも　私の心に巣食う毛虫であるのか？
　私はただ、痛む楽しみを知っている
私を痛めつけながら喜ばせる苦痛
そして生《いのち》を食べる情熱の炎
けれども　炎が無ければ　人の命は弱まる。

第十二章
# あなたの王国では

あなたの王国では魂は永遠のもの
そして　あなたの本質は　不滅の実在。
しかし　それは単なる流れる雲であったのか、
行ったり来たりする幻、
押し寄せる波のざわめき
死して再び生き　また繰り返す、
すべては夢　そしてこの世は嘘
あなたの王国は存在しない！　それが真実！

第十三章
# 私は決してそれを忘れることはない

　私は決してそれを忘れることはない……！　それを聞くと驚愕とともに、私の魂は自ら内に引きこもったそして疑った……結局、悲惨で悲しみに満ちた、苦いこの現実は、魂の前を突き抜け、喪に包まれて、静かにこの大惨事を目のあたりにしていた、エルサレムが埃の中に埋葬された壁をいつまでもじっと見詰めていたように。

　名状しがたい腹立たしさ！

知的な人間の魂はどこにいても

偉大なる神を信仰し、過去の神を信仰するものだ、
これらの田舎の密林、
これらの年代を経た見事な森、
それは　私たちの祖先に
濃い枝葉の隠れ場所と優しい陰を与え、
いつも皆に崇拝され　人々に愛された
聖なる場所であった。

否！　古い

涼しげなオークの林を、喜んで
最も不毛の土地とし、何世紀にも亘り
消えることのない爪痕を彫り
しかもそのまま見捨てられている、何ということか！　何という！
鋼の刃《やいば》の斧により
荒々しくも大胆な一撃で
それらを大地に打ちのめそうとするのか、
敵の陣地で、長い歴史と

節くれだった枝を持った　強い木は、
大地の誇りであり、生き生きとした
樹液で育ち、木々のモニュメントは
人間が立ち上げたものではなく　長い年月とともに
比類ない芸術家として、
母なる不死の自然により
時をかけて作られた神の作品。

　　　　しかしながら……

あそこには何もない！　何もなかったのだ！
私たちのレバノンの尊大なるヒマラヤスギ、
高く巨大な年輪を重ねた栗の木、
私の目にはいかにも頼もしく、
頑強で積年のオーク、その樹幹は、
厳しい面《つら》と恐ろしい目の　浅裂の樹皮を纏い
まるで異界に連れ去られたごとく
不思議の国の世界であった。

古びたカシの樹林の　枝葉の下を
黙って彷徨う、
頑なで、悔悛しない、夢想家として……
すべてが地に落ち、すべてが破壊されている！
保護も、影も、瑞々しさもすでにない。
壊れた自分たちの巣を見て、
鳥たちは逃げ、怯えている
通りがかりに見たものは
ただ乾燥した岩山　その人気ない丘に
唸る　横暴な風の音。
コケの間で輝いていたスイセンと
白いヒナギクは
まるで天空の星のような煌めき。
香しいリラ、スミレ、
空のように青い、ワスレナグサ
——そして、川沿いを波立たせながら、

流れの縁に腰を掛け
昔の恋人を想い出していた
あの何という甘い言葉、いつも無意味な言葉！
しかしいつも同じ繰り返し！　「私を忘れないでおくれ」——、
すべてが萎れ、すべてが埋葬され
哀れみもなく　過酷な重さで
すでに死んだ樹幹。波のまにまに、
穏やかなサール川の流れが
聖なる土地の略奪品を　静かに運んでゆく、
そして打ち下ろす　固い斧の
破砕の音が何度も低く鳴り響く、
それはまるで棺に釘を打ち込む
槌音にも似て……

　かくも私たちが愛した
隠された田舎のこの場所で、

熱い魂が隠れ家を捜していた
この美しい場所に、楽し気な一団となって、
春の訪れとともに、
鳥たちが番いとなって、人々が、
空が、花が、春の光が、そして
花の香りと微風がそよいでいた、
今日　古い修道院が　最も豪華な盛装を奪われた
悲しい骸骨のように
葉を落とし立っている。
木々から見放された
亀裂の入った壁とともに
あの魅惑の神秘の沈黙は
幸せのありそうな場所を求めて
多分　素早く逃げて行ったのだ。
鐘の響きと音楽が鳴り響き
虚しいことに　無情にもその周囲は

スペイン人たちの手が加えられ
孤独な回廊の　泉の単調なざわめきは
ジャスミンの花のように泣いているようだ
そして、白い雪を嶺に冠り、岩場にはコケが美しく繁茂していた
懐かしい昔の田舎が
悲しく私を呼んでいるようだ
ガリシアの女性たちはこすり合う手でかすり傷を負いながら
石の水場の輝く水でリネンを洗っていた
それが　今日　ガリシアの女たちは
他所の新鮮な泉を捜している。

　ガリシアの人々は見、黙っていた！……沈黙して
何という驚き、魂は深く悲しむ……

　もし、昔のスペイン人が植え、今のスペイン人が愛している
あのバラとカーネーションの間に

トゥーリア川の水が流れ込み
ガリシア人の手がトゥーリアの庭を刈り込むなら、
人々は軽蔑一杯の目で　その唇と顔は　私たちの後ろから
もう一つの罵詈讒謗を浴びせるだろう
――この田舎者が！――

そしてガリシア人たちが

香しいバラとカーネーションは
その美しさにも拘わらず、
何の価値もないと言い放ち、
そしてまた花々が美女たちと美しさを競う
あの場所を、犂を牽きながら、黄色い穀物の
種まきを熱心に行う小麦畑としたならば、

――「愚鈍」と言うよりも
「さもしい」――と、トゥーリアの庭の残忍な子供たちが
荒々しい怒りとともに
突然叫び声を上げるのであった。

しかし私たちは、もしガリシアの森が伐採されるなら
しかも何世紀も経た古木が……——もう殆ど木々は残ってはいない！——、
他国者の意志によりその帝国は統治される
私たちの国の森、その木の伐採はガリシア人たちには　多分
無意味で些事なことであろう
そして誰もそれを止めることもなく重大事だとは思っていない
問題なのはスペイン人にとってだけ、ガリシア人は眠っている
そして彼らは生者と死者に対して
いつまでもただ泣くことしか知らない
無情の無関係な樵人により切り倒され
その内に消えてゆく　美しい森林を前にして。

しかし　何を?……——私の嘆きを聞いて
誰かが憤慨し叫ぶだろう——もしかすると
修道院の巨大な時計台の塔が倒れ、

ゆっくりと眠そうな
大きな鐘の　耳障りな鐘の音が
私たちに時を告げることもないのではないか？
それとも　ことによると　私の農地に入り込んだ、
大胆な犯罪者が　あの広い畑に
火をつけたのであろうか
何故、この女性は　泣き叫んでいるのだろうか？
私は

額を地面にこすりつける
そしてゴルゴダの聖母に
悲哀の声で叫ぶ　「お許しください
主よ、人々は意味がよく分かっていないのです」
けれども、あぁ主よ！　ガリシア人の民心が
スペイン人たちによる伐採への抗議を
台無しにすることを許さないでください、
私は祖国が死んでしまうことを恐れます、

聖ラザロのように、主のお恵みによる、失われた命の復活を
どうかお与えください、
天の声とともに、栄光が降臨し、
ガリシアが、かくも美しく、偉大で、幸せな、
神のお恵みで満たされた国であることを
どうかお告げください。

（語彙注釈）
◇トゥーリア川：テルエルからバレンシアに流れ出る全長243キロメートルのスペインの主要河川の一つ。

第十四章
# 中傷誹謗により人を傷つける

I

中傷誹謗により人を傷つける人々がいる、
一方で偽りの愛で人を欺いた人々がいる、
誰か　サール川を愛した人はいたかも知れないが、
今では　すべての人がサール川のことを忘れてしまった。

人間として苦しむことができるかぎり、
栄光も希望もなく　人は一人で悩んでいた。
ガリシア人よ　サール川がどんな愛を感じているか何故おまえは尋ねないのか？
そしてどんな憎悪が　復讐心を募らせているかを。

## II

もし　侮辱の膨大な水量が一杯になり
溢れ出したとするなら、
物乞いが泣き叫んで施しを得た、
　そしてそれを苦渋の顔で拾う、
固くて苦いパンを
　誰が好んで食べるであろうか、
ガリシア人によるサール川への愛のカケラは
　結局サール川を死に追いやるだけ、
臆病者や暴君の悪事により　善良な人や勇敢な人が
忌まわしい戦いで負傷するように。

そして　彼らがその時幸せに生きているのなら
　その勝利は謳歌される、
モリフクロウが巣穴で鳴くように

　そして水たまりでカエルが鳴くように。
けれども彼らが如何に鳴こうとも……――ガリシアの民は
父方の土地である畑で生まれ死んでゆく
何の役にも立たない無益な人々として！――
悲しい祖国は泣き続けるであろう、
　いつも抑圧されいつも卑劣さとともにある
無知という畑のガリシアよ。

第十五章
# もう湧き出る水はない、

もう湧き出る水はない、泉は涸れた。
旅人は二度と渇きを癒やすためにあの場所にはゆかない。
もう若葉が芽を出すことはない、スイセンの花が咲くことはない、
庭に種を蒔くこともなく、アイリスの花の香りもしない。

ただ　乾いた流れの砂の川床
想い出すのは渇きによる死の恐怖。

けれどもそれは大したことではない！　遠くから他の小川が流れ始める

そこは湿り気を帯び　スミレの花の香りで満ちている。

そしてヤナギの枝が、水面にキラキラと反射し、
涼しげな影を揺らめかしている。

道を横切る喉の渇いた旅人は、
小川の清らかな水で唇を濡らし
木々は枝を垂らしてその上に影をなし、
昔日の泉はすでに涸れたことも忘れて　幸せそうに。

第十六章
# 灰色の水、剥き出しの木々

灰色の水、剥き出しの木々、そして灰色の山、
山々を彷徨う褐色の霧
そして天空を横切る
褐色の雲。
悲しくも、大地は、灰色が支配する、
　何という年老いた色！

ときどき　小糠雨の音が
　密やかに聞こえ、風が
　森を通り過ぎながら

嗚咽の口笛を吹く
かくも奇妙で、かくも深く悲痛な
まるで死人たちが呼んでいるような。

氷のように冷えたマスチフが、
イグサのマントに包まれ
山を横切る農夫の後を追う。

畑は荒涼としている、
そして濃い緑の中の広い牧草地の
黒色の水溜りに
白いカモメが一羽寂しく羽を休めている
近くでカラスがせわしく鳴いている。

私は窓から、
これらの不愉快な音を、
半ば面白く　半ば深刻に　聞いている

それは不調和のコンサート
私の魂にいわば心地よい……
おぉ、私の友なる冬よ！
　暗く、厳しい友として。
何千回もおまえはやって来た、
けれどもおまえは　朗らかな四月の
そして生暖かい五月の　幸せな先駆者ではなかったのか？
　あぁ、もし人生の冬が、
あの西風や花々のようであるなら、
私の夢の美しくも永遠なる春の
先駆者になることができたであろうに……！

第十七章
# 最後の夜であった

I

最後の夜であった、
悲しい別れの夜であった、
かろうじて一粒の涙が　涼やかな瞳を
　曇らせていた。
　使用人は
　鞭打つ主人に愛想を尽かし、
仕返しの歓びとともに
悪態をつきながら荷物を整理していた。

――泣くだって！――何故？私たちの貧しい土地を

見捨てることができるのは幸せではないか。
私たちの祖国を否定する固いパン、
スペイン人は私たちを虐待するが
どの国に行っても私たちには固いパンしかないのだ。

そして子供たちは満足げに微笑み合っていた、
そして妻は、淋しいのだが、いつか使用人が
　　錦を上げて帰郷する日を
固く信じて　自らを慰めていた。
故郷を捨てることはガリシア人の夢、
ガリシアに留まる人々の苦痛の力強い希望。
祖国で彼らは何と苦しんでいることか！
苦しみがなければ今すぐ彼らはおまえたちを見捨てる。

II

ゆっくりと病気になるように、

今日　百、　明日また百　と、
　数えることができなくなるまで、
房から房へと種はなくなってゆく。

　自分たちが生まれた鳩舎から　キツネとトビが
鳩を追いたてる
鳩は避難の場所を求めて懸命に逃げてゆく、
　しかしそれは虚しいこと。

　飛翔の果てに疲れて休むのは
多分　境界を越えた他国の平原
嘗て　熟れた果実は　今や枯れ、
そこには　鷲が上空で旋回している。

第十八章
# 帰っておいで！

I

神様はよくご存知である　我々に降りかかった
　かかる悲しい涙はいつも取り払ってくださる、
しかし悲しいことに　彼らは帰ることを拒み
　私の周りを喪服で一杯にするのである。

出発しなさい！　神はおまえたちを導き給う！………、　哀れな貧しき人々よ
その忌まわしい地では安らう場所はない。
他の地を求めて元気いっぱい出発しなさい、
しかし……何時の日か帰っておいで　おまえたちを呼ぶ懐かしい我が家へと。

悲しい亡骸は異国で安らうことは決してできない
おまえの故国こそ　魂の拠り所。

II

　　帰っておいで、おまえたちに確言する
清らかな水の　それぞれの小川と
　それぞれの泉の傍らで
笑顔が反射していた
　おまえたちが子供のころ
ふざけ合って遊んでいたその姿が
　それぞれの古い壁に影となった、
今は大人となり美しい青年となった
　おまえたちはずっと後になって、
　ガリシアの神話の数々を聞いた、
並木の道で、山の中で、そして平原で、
　どこでも　いつでも好きなところに

軽々とした足取りでおまえたちを案内した……、
私はおまえたちに誓って言う
ガリシアにはたくさんの妖精がいる
それらは　かくも深く痛々しい口調とともに
愛と思いやりでおまえたちを呼んでいる、
風の音が溜息のように悲しくさせる
厳しい冬の夜に
抜け殻となった主人の不在を嘆く、おまえたちの家庭から
ガリシアの妖精たちは　村の周りをとまどい通り過ぎ、
お花畑で密やかに泣いている、
そして山から川へ
喪に包まれ　そしていつも呟く
「彼らは去って行った！　いつまでだろう？
何と寂しいことよ！　神よ、彼らはまだ帰ってこないのか？」
………………
………………

ツバメは古い巣に帰ってきた、
壁から見ると家は荒れている、
彼らはそよ風に尋ねた、――皆、死んでしまったのか?
そよ風は静かに答えた、――人々は難破船のように
どこかに行ってしまった
帰るべき港はいつの間にか打ち捨てられてしまった!

第十九章
# 白い道よ、古い道よ

白い道よ、古い道よ、
デコボコとした、石ばかりの、しかも狭い、
近くには　湧き出る小川の
流れの音が穏やかに響き、
気まぐれな飛翔をやめて、
　素早い足を止めるところ、
キイチゴの枝に実った
甘味な田舎の果実を捜しながら、
　傲岸なスズメたち、
　飢えた子どもたち、

野生のヤギたち、
　そして主を持たない犬……
白い小道よ、忘れられた道よ、
楽しげで姦しかった往時よ！
旅人は人生の旅路を、
徒歩で　一人で辿る
道は　荒れ果てているゆえに
返って　美しく　親しく見える。
　世の幸せな人々が
奢侈な姿で　広い道路を横切るとき、
素足で、汗まみれの、埃だらけの、
旅人が通り過ぎてゆくなら
哀れな旅人の心に
何と奇妙で冷ややかな風が吹くことであろうか！

第二十章
# 白い蝶も　黒い蝶も

白い蝶も　黒い蝶も　私にはどちらでもよい
幸せの知らせであろうと、不幸な知らせであろうと、
私のランプの周りで、私の額の周りで、
　　おまえたちは頻りに羽ばたく。

いつもは歓びのための幸せのグラスが
　　私の足元で割れてしまった、
苦痛で一杯であった……、溢れるまでに！
苦悩も苦渋ももうこれ以上入れることができないほどに。

第二十一章

# 日の出、日の入りを崇拝するように

人々は　日の出、日の入りを崇拝するように　と言う、
けれども昇る朝日と沈む夕日の間には、
人生の揺り籠から墓場までの間にある
　あの深淵によって　いつも二つに分けられていた。

しかし　いつかその時が来るだろう
何世紀かが過ぎ去ったあとに、
夜のあとに決して夜明けがやってこない
太陽の影の中に淡い光線が消えてゆくこともない。

もし　無限の海に永遠の時があるならば、
身罷ったあとに　再び生き返る、
多分夜明けと日没のように、広大な宇宙で出会うならば、
分かれることなく一つになるもの。

分かれないために……不死の希望である素晴らしい夢、
それは生と死の間に　人間が発明したもの。
けれども、多分、死に向かって歩みながら
人間も、星も、永遠に生きることを　夢見ているのではないか？

第二十二章

# 悲しみにくれた一つの影

悲しみにくれた一つの影、形を持たない、おぼろげな、
いつも私の目の前の不確かなるもの
他のおぼろげな影を追う、影は逃げてしまうのだが、
　　終わることなく走り続ける。

定めというものを無視する……、しかし何故私は怖がっているのだろうか、
　死することへの不安を見るにつけ、
決して止まることのない、決して巡り合うことのない。

第二十三章
# もし流れが激増すれば

　もし流れが激増すれば川は氾濫する
あらゆる小川が山から流れ落ちる、
苦悩という豊富な水量が
永遠の悪と苦しみで増水するとき、
人の口に　不平はどのように生まれるのか？　どのように？
人の心に　怒りが噴き出さないことがあるだろうか？

第二十四章
# 寛ぎを渇望し

寛ぎを渇望し、捜す……
けれども……誰が落ち着かせることができるのか？
目覚めているときに　あの夢を見る、
眠って　また夢の世界へ。
昨日のように今日、明日のように
今日、永遠の熱望のなかに
切望する善をみつけるため
――しかし悪だけに出会うのだ――
そして私はいつも夢を非難する、
決して寛ぐことができない、と。

第二十五章
# 混乱のざわめきに

膨大な暴徒の中に立ち上がった
混乱のざわめきに　茫然とする！
彼らが誰なのか　何を求めているかも分からない、
けれども高慢な陶酔者たちは
傷つけるべき生贄か偶像を捜している。
彼らの野蛮な激しい怒り、
けれども彼らの愛はそれ以上に野蛮。
百の腕を持つ怪物に立ち向かうのは止めなさい、
さもなくば　無分別な　強烈な嵐がやって来る、
おまえたちを焼け付くように愛するか　あるいは
凍えるように憎悪するだろう。

第二十六章
# 北風が吹き荒れるとき

北風が吹き荒れるとき
そして家々の火が燃え盛るとき、
物乞いたちが私の家の門の前を通り過ぎる
痩せて、半裸で、飢えている、
寒さは　私の心を凍らせる
まるで私の体が凍るように、
私の心は　彼らに
何の慰めもできぬまま　見つめるだけ
彼らは、抑圧され　淋しく、
底深く悲哀に暮れている。

　一人の子供がいたが今はもういない
いつもいつも泣いていた、
悲惨さは魂を乾かす
そのうえ　瞳までも、
子供であったのだが今は
その苦難の故にすでに老人。

　物乞いの人生は、
悪のように早熟で、
憎悪のように容赦なく、
真実のように酷い。

第二十七章
# 様々なものが一体となった

様々なものが一体となった人の生命の中から、
否、永遠の美という現象を捜してはなりません、
喜びや楽しみの充足感の中にも、
耐えがたい激しい苦痛の中にも。

美は手に触ることのできない原子、或いは驚愕するほど広大無辺なるもの、
天の熱望であり、静かなる啓示。
触ることも　名づけることもできない、
彼方の深淵のなかで　知力は消滅する。

第二十八章
# あぁ　私の美人

I

あぁ　私の美人、
神を愛し神を敬うよりも　それ以上に愛する人よ、
おまえの愛が最初の愛であり、幸いにも最後の愛になるだろうと
私は盲信した。
しかし……
——何と、偉大なる神よ、あなたはまだ私が最後の恋人であるか疑っている！
——あぁ、純真なる聖母マリアよ！
自分が死ぬのを見ると　何故それを疑わないのだろうか？

生きていても　やはり疑っただろうか？
　あなたは疑い私を侮辱する、
私を大いに傷つけそして驚かす
　あなたの口から疑いを聞くとは、
　　辱しめであり　不正にも
あなたは私を殺すことになる。

——おまえを殺すなんて！　美しきひと
ほとんど十五歳の春の！……
決して……！　栄えあれ神よ、おまえは死んではならない！

——私の心は驚きと苦痛で一杯。
——あぁ、私の苦痛よりもあなたの苦痛は更に重い。
——何故に、あなたは、私に死ぬることについて語るのか？
——あぁ神様！

何故、寒風は私の船を知らない港の
墓場へと導くのか？

――あぁ　あなたの死はすぐそこに……！　けれども聞いてください！
生きていようが死んでいようが、あなただけをずっと愛します！……
　あなたに誓います。

――何故、誓わなければならないのか、あんなにも素晴らしい
夢が終に成し遂げられるというのに、私は、怒りもなく
静かに疲れた両目を閉じ
暗い墓の中でおまえを待っていた、
しかし……痩せて弱々しい人間の心臓は、
かくも移り気でかくも軽々しい、
私の恋人よ、おまえに言っておく、
早かれ遅かれおまえは幸せ者になれる、と。

そして彼女が泣きながら抗議をしているうちに、
彼は、暗く皮肉に笑っていた、
二人はいつか抱き合っていた。
隣の家の壁からコオロギが鳴いていた、
　そして無言の証人のように、
月は、空天に上り、
　それぞれの顔に光を反射していた
その煌きはいつまでも純潔でとても親しげであった。

II

　私たちは埃と泥から生まれた、
私たちは埃と泥に捕まった、
何故、私たちはこんなに戦うのか？
みな敗残者になるというのに。

　このことを謙虚に畏敬の念で考えるとき、

怒りの一吹きの風が
　バラの花を震わすように、
幸せにではなくとも、静かに死ねるように
震えながら誰も見ていない一隅を捜す。

III

星々は無限にあり、天空で
　尽きることなく輝いている、
我々の住むこの小さな世界、
私から見れば　広大無辺の
　宇宙の中の一点に過ぎない。

　その後……幾千年も幾万年もの歳月が過ぎ、
深い海の膨大な砂のように、
生命を与えられた人間たちの
その足早な人生を止めることなく、

いつまでも不確かに、生まれて死んで。

　生きるのか死ぬるのか、この疑いは
　　残酷な事実の中にこそある、
しかし、我々が死んだ後
我々を置いて去っていった人たちと
もう一度どこかの世界で会えるのか　誰も知らない。

IV

　　そしてすべては結局
この世で過ぎてゆくのが遅いのか早いのか、
人の一生は　最初は永遠にあるように見えるのだが
　最終的にはみな死んでゆくのだ。

　もしかすると　殺されたのか、自然死で
亡くなったのか、それともまだどこかで生きているのか？

それを知るのは不可能、誰も
　眠っている人が
夢の中で目を覚ましているのか
　　熟睡しているのか分からないように。

## V

彼のことを忘れてしまったとは！
彼の短い人生を誰が思い出すのだろう？
新しい愛がその恋人を傷つけ
死に至らしめたと誰が言えるであろうか？

　時は疾風のように！――避けようもない
速さで過ぎてゆく――、そのうちに他の恋人が
用心深くやって来た
亡くなった前の恋人と同じ道を通って。

## VI

突然私の心は激しい熱望により、
喜びと恐怖が同時に混ぜこぜとなった、
心臓は激しく動悸しながら、唇は呟く、
——否、死人たちは墓から帰ってはならない……！

彼であった、彼ではない、けれども彼の思い出、
　深く眠り込んでいたのに
彼の心は、激しく目を覚ました
　悔恨と嫉妬で。

私は私ではない、しかし私なのだ！——風がそう呟いた——、
　そして私の恋人は、帰ってきた、
放り出された永遠から
もう一度私の微笑みを見るために。

——まだおまえは幸せであってはならない！——とあなたは即座に言った、
墓の縁に私を見つけたとき——、
まだおまえは愛してはならない、そして獰猛な怒りとともに
　あなたは私に言った。——絶対に！——

あぁ！　移り気な心から　おまえは見た
　人里離れた場所で？——
私はおまえに言うために帰ってきた、そしておまえは、号泣しながら、
繰り返した——あなたは一人、いつまでも。

ほどなく、あの日と同じ夜があった、
月の光が、同じ輝きで
おまえと私を隅なく照らしていた、
　二人をひとつの影として。

隣の壁でコオロギが鳴いていた、
田舎はすべてが静かであった、
愛しいひとよ、思い出さないかい?そのとき私が来たことを、
暗い影と、自責の念と、それとも悪夢とともに。

けれどもおまえは、死者に騙し屋だということを想い出させた、
そして生者であるおまえを愛していることも、
おまえは天国のことを　そして地上のことを、忘れたのだ
　魂は告げる、欺瞞は地獄への入り口であると。

　もう一度、一人でいると、
おまえは再びぞっとしたのだった、
深淵に落ち込んだ犠牲者が生還したとき
死が良きものに感じるように。

そのときまた、フラッシュバックが

悍ましい想い出が！、
私はおまえを興奮しながら抱いていた
想い出すかい、恋人よ、私たちの抱擁を。

――まだおまえは幸せであってはならない！――即座に私はおまえに言った
それなのにおまえは私を欺いた、欺いたからこそ
幸せでいることはできない
裏切り者は死ぬまで裏切り者なのだ。

――おまえはまだ人を愛してはならない！――おまえに繰り返し言った、ところが
おまえは他の男と愛に走った
私がいない間にどんな気持ちで
新しい蛇におまえの不運を語ったのか。

おまえは毒殺されねばならない、私の憎しみと苦痛で
おまえを追い詰め追跡する、

私は哀れみをもって　おまえの消すことのできない汚辱と
大罪を見つめていよう。

けれども、何という報復！　結局、私はおまえを燃えるように
愛していたのだ、そして今もおまえを愛している！
　もう一度おまえに言っておこう、おまえが新しい恋人に抱かれているとき、
私の執念深い薄笑いが　おまえの影となって付き纏っていることを。

第二十九章
# 剥き出しの岩の陰に座るあなた

剥き出しの岩の陰に座るあなた、
そして虫たちの騒ぐ片隅に隠れ、
そこには堰き止められた水が眠り、
あなたの夢を中断する兄弟たちはいない。
恋人よ、あなたが思っていることを誰が知っているというのか！
微かな足音と押し殺した息遣い、
私は言い知れぬ不安に慄いている
そこにあなたが隠れていて、果たして私に見つかることを
恐れているのか　それとも驚くのか！

――呪われた好奇心！　冷たい棘は
女性たちの心と　男たちの厚い胸を　傷つける、
あなたの好奇心の強さは　男たちに悲しい幻滅の深みを捜させ
常に瘴気に満ちた場所の
泥をかき混ぜさせる。

――あなたは失望と泥と苦悩について何を言ったのか？
あぁ！　愛しいひとよ　私が理解できない言葉を発さないでおくれ、
あなたが静寂を求めて人々から逃げ、私から離れようとする時のみ、
私に何を思っているかを言っておくれ。

――私は度々かくも悲しいことをそしてかくも暗いことを考え、
他のかくも奇妙で、かくも晴れやかなことを考えている。
それを……あなたは何も知らない、何故なら知らないということは
良いことであれ、困惑することであれ、悪事であれ、我々を傷つけることはない。
私はあなたに言おう、愛しいひとよ、見ての通り私はあなたを愛する、

人間の魂はかくも奥深く閉じ込められ
我々の目には隠されたヴェールがあるが、
このヴェールを取り払うのは恐るべき仕業。
愛するひとよ、私が何を思うかは考えないで欲しい。

——私は夜も昼も思いを巡らせるだろう、それを知ることなく私は死ぬのだから。
そして分かったことは話しておくれ、
そうすれば知る苦悩から解放されるから。

第三十章
# 美しい植物の世話をする

美しい植物の世話をする
魂を捜すように、
花はいつも陰を捜している
孤児のように、悲しげに、恋する人のように、孤独に、
そこには決して太陽の光は届かない
狭い窓があるのだが、
濁ったガラスと　キンバイカの枝で遮られ
光は到達しない、
彼女はかくも清澄に香り高く
そしてより美しくより緑陰を増してゆく、

そしていずれ　弱り、萎れ、死んでゆく
太陽の光がやっとその葉に口づけをするころ。

空を飛ぶ鳥が、岩の上のコケが、
海藻の波が、バラの五月が、
すべての生き物が捜していた
彼らのよりよい環境を、
もし誰かが無情にもそれを奪うなら、
その死はすぐにやってくる。

ただ人間の精神は　自然な環境から
悲しく荒廃した世界まで　転びながら生き延びることができる、
倒されることもなく、死することもなく。
人は　苦痛とともに強力なハンマーで粉々に破壊され、
泥になるまで砕かれ　死んでゆく
しかし　人と神との　秘められた神秘さで永遠と結ばれた絆を

破壊により解きほどくことはできない。

だからこそ　私は　一日の光り輝く天体が　私の冷え切った手足に暖かさを
与えてくれることを熱望する、光がなくとも、空間がなくとも、
　まだ息をして、耐えている
美しい植物のように　太陽の光線を憎みながら。

　輝く太陽よりももっと生き生きとした光がある
そして私の心に　もっと優しい暖かさが射し込む
秘密の囁きで　私を元気づけ　私を勇気づける
それは苦悩により盲目となった私に本当の光を与えてくれる。

第三十一章
# オルガンの響きに

I

オルガンの響きに、風の囁きに、
流れ星の輝きに、雨の滴りに、
すべてにあなたを求め、すべてにあなたを捜したが
　決してあなたにお会いすることはできなかった。

多分、あなたが見つかったときには、あなたは現れそして消えているのだ
もう一度、この荒々しい戦いの人生に、
あなたとお会いできないにも拘わらず、
　あなたを求め、あなたを捜してみよう。

しかし、あなたが存在することは知っている、虚しい夢ではなく、

名前を持たない芳しさ、しかも完全唯一の。
決して会うことができないのに、
　　あなたをいつまでも捜している、寂しくも。

Ⅱ

地上にも、空中にも、天空にも
永遠に捜しているものを　私は見つけられない。
私が捜しているものとは出会えないが、それは在るべきもの
いつ消えたのか、いつ会えたのかも分からない、
触るもの　見るもの　すべてにおいて
どこに住んでいるのかも分からない夢のような。

祝福あれ、地上にも、空中にも、天空にも、
やはりあなたを見つけることはできない、
　あなたは存在し、空夢ではないことを
　　私は知っているというのに！

第三十二章
# スコラ哲学の聖女

I

四月のある午後であった、
タイル敷きの乾ききった道を
悲しみの小糠雨が密やかに濡らすとき、
あたりには鐘の音が鳴り響き
ゆっくりと空気を震わせる、
言っておくれ、私の孤独から出て行きなさいと。

気怠さの蒸し暑い酷暑は、
上空に疾風を巻き起こし、
どんよりと　重く濃密な空気が宿る。

渇望する魂と　希求する心は
本能の衝動に応じて
大地と空に純粋なる霊感を探し求めていた。

死の一吹きは
世界を容赦なく砂漠と化し、
コンポステーラを墓場に変える。
荘厳で古色蒼然たる聖都は、
穏やかにまどろみ　熱望された平和を
煩わしく掻き乱す噂話はどこにもない。

II

——生者の墓場！——
嘗ての栄光の日々を思い出させる
静寂に満ちた広場を横切りながら　私は呟いた。
ここに荒々しく偉大なる魂の、

名を残した戦士たちがいたのは事実であろうか？
どこで今あの雄々しい人々は生きているのであろうか？

フォンセカの堂々たる門は、
無言のまま、芸術家の魔法とも言える
繊細な像とレリーフを私に指し示した。
また、天才の手による偉大なる救護院は
悲しみに暮れる私の眼前に
宮中高くその威容を描いた。

大聖堂の次には……神秘の宮殿が
美の栄光に満ちた　大胆な
ロマネスクのアーケードを見せつけた。
それを目にしたとき　私は
それらの巨大な塔が　私の目の前で
崩れ落ちる廃墟となることを望んでいるかに思えた。

そして私は天の像であるセベディオの
際立つ姿に顔を向け
思わず身震いをした。
白く美しい殉教者の魂のように、
勝利を誇りつつギャロップする馬に跨る雄姿が
空気を引き裂きながら颯爽と駆け抜ける。

暗いアーチの下では、永遠に滔々と流れる
密かな噂話が私の耳に届き、
私は怯えて逃げる鹿のように足を滑らせる、
生きる重荷をどこかに放り出そうと
探し歩き回る私は
いつも意味もなく徘徊している。

凱旋の歩みの後には、焼け付く道を歩む

修道士や死者たちが続く、
道は常に巨大な影の染みとともに
いつまでも空虚で　いつまでも神秘的で、
輝く光は孤独の悲しみを更に増し、
見詰める目を傷つける。

そして、一方……、小糠雨は、
嘗て太陽が斜めに照らしていた
野原と広場、街路と修道院を
静かに　しかし執拗に、時には白く、
時には暗い　湿った蒸気となって
濡らし続ける。

Ⅲ

都市というものは不思議なものだ。魅かれる時と
厭わしく思う時、美しくも醜くも見え、

それは我々を引きつけ軽蔑する。
真に乾ききった人生の中で、
おまえの内なるものの
幻想の幸せの世界と　情熱とが消されてゆく。
それは真実だ！……誇りある殺人者は
無表情に我々を抹殺し葬り去るのだ！
・・・・・・・・・・・・・・・

　そして私は死を願った！
感動も共感もなく、
私の足元に広がる黒く隠された深淵、
冷ややかに、私の血を凍らせ
たった一撃により、永遠の孤児のため
愛と希望から私を引き離す。

「栄光は一瞬の煙に過ぎない！　天はあまりに高く

そして我々はあまりに低く、我々の与えられた大地は
再び我々を飲み込もうとしている。
人が無情に死にゆく存在であるならば、
戦いにウツツを抜かしたとしても、勝利は何の意味もない。
どうして神が存在するのに、地獄が勝利するのか？」

このような犠牲の苦悩により、
精神は天と地へと反逆し……、
一方、私は不安定な歩みを続ける、
一杯に開かれた寺院には　信者の数は少なく、
ともし火の輝きが
発せられることも稀であった。

Ⅳ

荘厳なる寺院よ、私の女性としての魂は
おまえを感じる、母の慈しみと、漠然とした不安と、

隠された優しさ、そして計り知れない高見の向こうに
隠された恐怖。

おぉ、神聖なる神よ！　我々の湿った大地において
もっと偉大でもっと高貴なるお方、そこでは
燃える太陽が輝く光線で影をなし、その影は
祭壇の足元で祈りとともに夜を過ごしました微睡んでいる。

広い円天井の下を　ゆっくりと歩む　私の密かな足音
あたかも洞窟の中で　水晶の如く澄んだ滴りが
緑の水溜りの上に密やかに落ちるがごとく、
ゆっくりと調和のある反響を響かせる。

また、オルガンや聖なる音楽の奏でる調べは
動揺する心のみが知覚し得る　不明な音符により、
あたりを満たす神秘の静寂の中で

私を感銘させた。

　蝋燭と香から醸し出される芳香が
大気に浸み込み息づいていた、
故知らず、突然、それらは長い追憶の更に幸せな時を
私の気持ちに喚起させた。

　そして私の落ち着きのない視線は
闇の中で一人戦う魂のために
避難所を捜しつつ……、祭壇を巡り
天の光で最後には照明されることを期待していた。

　そして……その努力と偽りの期待は無駄ではなかった！
柔らかく仄かで青白い光が　霧を引き裂き、寺院を貫く。
その光は突如私の胸の中に喜びを齎し、
胸の痛みは散逸する。

もう私は一人ではなかった！……調和のある一群の中で
夢見た姿のように。
午後の太陽のぼんやりとした光輪の輪郭の中で、
空中に天使や聖人が描かれた。

あの無邪気で繊細な外形、天の美、永遠の微笑みは
優しい使者の唇を半ば開かせ、
その間、私は歓びの夢の中に浸かりつつ
微睡む処女の顔を見つめていた。

その恍惚の夢の中で、そして彼女の純潔な額に
人間の心が決して抱くことのできない
最も熱く最も深い、純粋で清らかな愛の火が
透けて見えた。

魂を感動させ、視線を驚かせ、思索に没頭させる
あの一群の姿は静かに私を傷つけた。
あたかも闇の中で見えない瞳を
朝の燭光が傷つけるがごとく。

熱烈な思いと栄えある願いは、
私の中にあった情熱と優しさのすべてであり、
驚嘆すべき夢は　芸術家を実現し
私の魂に生命を生き返らせるため帰って来た。

私は再び　秘めた熱望と幻想の火を感じた、
名もない恋人たちは　アイオスのハープの風のように、
私の魂にこの上なく甘い歌と、
至高の　打ち震える音符を齎した。

あらゆる美しきものに対して祈り、祝福しつつ、

神の御前で私は膝を折り、頭《こうべ》を垂れた。

そして　狼狽しながら　私は突然叫んだ、

「芸術がある！　詩がある……！　だから天は存在する、神はいるのだ！」


（語彙注釈）
◇フォンセカ：一四九五年に作られたサンティアゴ・デ・コンポステーラ大学の、実質的な創設者。大変な教養人の大司教であり、オランダのエラスムスとも交流があった。
◇セベディオ：キリストの十二使徒ヤコブとヨハネの父親。
◇アイオスのハープ：風の神、アイオロス。

第三十三章
# 植物は言葉を話さない

植物は言葉を話さないと人は言う、泉も、鳥も、
ざわめく波も、輝く星も同様に。
しかし　それは真実ではない。何故ならいつも私が森を通り過ぎるとき、
彼らは私に囁き　そして叫ぶのだ。
——あそこに、
永遠に人生と野山の春を夢見る　狂った女が行くぞ、
すぐにも頭髪は白くなり、霜に覆われる凍った牧草地を
寒さに震えながら見ることになる年齢だと言うのに。

——私の頭には白いものが見え、牧草地には霜が降りている。

それでも私は　夢を見続ける、哀れで、救いようのない夢遊病者、
消えてゆく永遠の春とともに、
山野と魂の久遠の新鮮さの中で、
あるものは朽ち果て、あるものは枯れてゆく。

星よ、泉よ、そして花々よ、私の夢を噂しないでおくれ。
それなくして、いったい何を賞賛し、どうして生きてゆけようか。

第三十四章
# 鳥の囀りの思い出

鳥の囀りの思い出
そして乾いた接吻の音、
森林のざわめき、
その中で風の唸り、
そして嵐の海
雷の轟き……
すべては　森の精霊が奏でる
ハープの弦の調べなのだ。

しかしながら　死に至る病にかかり、

愛により死に至る
心臓の耳を劈く鼓動は、
空っぽの墓所の中で
へし折られた杖のように
胸の中で空しく反響する。
かくも悲惨でかくも究極の、
かくも悲しげでメランコリーな調べを
森の精霊は　二度と繰り返し
奏でることはなかった。

第三十五章
# 涙を通じて

I

涙を通じて、
努力も激しさもなく、
悲しみの魂の中で道を拓き
新たなる喜びに至る。

激しい戦闘に終止符を打った
危険な生き様の疲労の後で
長い栄光の収穫を
手にするもの。

そして終に、この世界こそ
すべての幸せの王国であり、
大地の他の場所を疑い、
或いは信じて、豊穣の実が運ばれる。

肩に背負う
不運な重荷を振り落すこともできず
虚しく望んだ　叫びを聞くことは
何と退屈なことか！

——その度に沈黙の中で
苦しみと強い願望を貪る。
——人は言う——、生気に満ちた強者たちよ
沈黙は臆病者の不平であると。

魂が掻き乱し驚かせるのは

不吉な予言ではなく、
また、空気中に反響する
迷惑で無用な永遠の嘆きの声でもない。

詩人よ！　平易な言葉の、
霊感とともに精神を高揚させる者よ、
我らのもとに来りて、
失望ではなく希望について語れよ。

## II

下がれ！　呻き声を伴う私の空しい痛みは、
まるで苦い液体で満たされた孤独の海の
耳を劈く叫び声のように、広大無辺の中に消えてゆく……
下がれ！　無意味な喪の厚いヴェールよ、
ブルータスに道を開けよ、暗殺されたシーザーたちは
もう褒美を取らせることも　罰を与えることもない……

砂漠のような町のあちらこちらの片隅で、恥ずかしげに
おどおどと手を伸ばす物乞いが、道行く人の脚を止め
讃美歌を歌おうとするが、誰もそれに聞く耳を持たず、分かろうともしない、
私の痛みよ、誰を何時の瞬間に、強く否定するだろうか。
　病んだ魂から逃げなさい！　あなたは白く新しい燭光、
あらゆる約束事にうんざりしている私に　あなたの光をお示しください。

Ⅲ

　黒い翼の思いよ！　突風に追い詰められた一群のカラス、
または　火に捕らわれようとする野のハチのように
狼狽える者たちよ、逃げなさい。
祝福される輝きに満ちた新しい朝がやって来る
そして朝日は無限の喜びを予感させる……
魂に重くのしかかる永遠の影から逃げなさい！

白い翼の思いよ！　ひと時だけ、呻くことも乞うことも止めよう
そして煌びやかな世界へと入り込もう、
そこでは落下を誘う弱々しい声が響くことは決してなく、
確かな現実の中で　黄金に輝く夢が停止する
巨大な苦しみと殺意の愛の上の人間の弱さ
差し伸べられた翼は忘却への飛翔。

禍々しい悪夢のように、痛めつける想い出も、
打ちのめす貧しさも　辱しめる惨めさも　不正も
想い出すこともなく、ムチは傷つけ、汚し、罰する、
充実の時が崩れ落ちるのを感じさせる
静かで豊かな流れの　破壊的な炎の他には
嫉妬も中傷も存在しない。

そこでは、涙が決して瞼を赤く膨らませることもなく、
人間としての悩みも知らず、犬でさえ軽蔑する、

辟易とさせるような　欲深い者どもがいる。
そこでは、あらゆる他人に対する私の不幸な思いは
逃げ場所を捜しながら、暗く辛い巣窟から遠く離れ、
晴れやかな希望を高らかに歌おう。

爽やかな若者の声、心地よい楽器の音色、
「おいで！」あなたたちの和音に　私は力強くリズムを合わせたい
この空気を楽しげな音符で満たし　彫像と花々に囲まれ、
手に手を組んで、現在、未来、そして
遠い時代の　あらゆる幸運な人々に
踊りを祝捧しよう。

## Ⅳ

重厚な交響曲のコンサートのおべっか笑いと
気違いじみた喜びとの間で　燃え上がるインスピレーションとともに
私の声は頑健に　響き渡る声となり　立ち昇る

私の尊大で情熱的な魂の中に炎を燃やし、
そして永遠の愛が生きる　天空があると
待ち望む者に信じさせ、愛する者に期待をさせる。

　ある日邪悪な苦い味に浸された唇から、
大量の蜜が溢れ出て　黄金の杯を満たし、
私の手はバラで縁取られ、壮大な宮殿内の黄金の間の
見事な格天井の下で、
私はまるで　蝶が芳香を飲み干す
花のようであった。

　日差しを避ける松林の　暗い峡谷に、
川が溢れ落ちる滝のように　私の周りに
拍手の轟音が鳴り響いた。
人々は未来の崇高で　かつ至高の天才だと私を喝采した、
トロフィーと王冠は　戦いに勝利した戦士にするように

私の足元に投げられた。

V

ある日、数々の勝利と幸運を私に齎したあの美しく魅力的な忘却の天国から
昔私が愛した荒涼たる現し世に舞い戻った、
まるで満ち溢れる富の世界から　物乞いの隠れ家に戻るように。
しかし私を見たとたん、不在であった者たちは涙を流した、
裏切り者たちを拒否してきたように
人々は心の中で私を拒否したのだった。

鋭い口笛と　からかいの薄笑いとで　私の霊感を強く否定し、
私の王冠を踏みつけた、彼らの怒りは激しい嵐となって私を包む。
額に憎むべきアナテマの印を刻み付けられた
忌々しいカインのように　私に影を指し俯かせる。
その影の中で　私は不名誉を消し去るための
隠れ家を捜していた。

VI

拭い去れない汚れはない。許されない罪もない。
涙により痛悔は洗い流される。私の場合、中傷者は顔を隠す。
空の星が過ぎ去ってゆくのを隠すように。
私は焼け残りの火の上を歩くがごとく、
耐えがたい人々の中を通り過ぎるが、私の視線は
前にも後ろにも向けられることはない。

私は自分の心に語りかけた。「おまえの熱情は無駄ではない。おまえの中には
愛と情念とが泉のように溢れている。そこで詩人は聖なる渇きを
癒やすのだ。私のミューズよ、私は、おまえを知っている。
明るい詩と苦痛に満ちた溜息の詩とどちらを愛するか、
あるいは昇る朝日と沈む夕日のどちらを愛するか、
それらを人々に問うことなく、我々はひたすら詩《うた》を歌おう。」

（語彙注釈）

◇アナテマ：カトリック教会を含む古代教会では、共同体からの除名すなわち破門を意味した。

◇カイン：アダムとエヴァの長子。嫉妬から弟アベルを殺す。この罪によりカインはエデンの東に追放される。カインはこの地の者に殺されないために主ヤハウエにより特別な刻印を額に押される。

第三十六章

# 今にも消えてゆく火花が

今にも消えてゆく火花が空の高見で輝く
　青白い星々、
そしてその下では……もっとずっと下では、物言わぬ密林、
もうすぐ散るであろう木の葉や
　萎れてゆく草々を感じながら、
そして何かが血脈の中で爆発し
　骨が砕ける。
何と奇妙なことに心が病むふりをする！
　夜は何と深く、

闇は何と濃く
目を凝らしても
何も見えず、
私は濃い影の中で　何かが輝くのを見た気がした
遥か彼方の空の　青白い星のように。
何と奇妙なものが闇の中に見えることか！

私はその幻想の中に包まれた虚空を信じた、
そしてその中に沈んでゆくことを望んだ
青い海を星とともに巡りながら、
夜が厚いマントの下に覆い隠していた大きな岩に
私は激突したのだった。

第三十七章
# 月の光に

I

この夜の、何という清らかで、神聖で透明な
　月の光の輝き！
一点の曇りもない
　純真で潔白な月光。

清らかな、薄青い光は
　緑色の大きなリボンの上に
そよ風が運んできた
　まるで黄金の雨のごとく。

墓地の大理石を
　メランコリーな明かりが照らし、
そこは高い嶺から流れ落ちる
　まるで水晶の水のごとく。

遠い平原、大牧場、
　泡を含んだ故郷の海
悲しみに満ちた波が生まれ、
　それは無人の白い砂地に押し寄せる。

教会、鐘の音、古い城壁、
　川の流れは四方に分かれ、
孤独な聖母マリアは
　清らかな天頂からすべてを見下ろしている。

II

そこに見るものすべて、死すべきもののすべて
　この世に生きるもののすべての、
彼らの悪から遠ざかるため
　おまえの白い光に願いを込める。

ある者は苦しみからの慰みのため、
　また他の者は果敢無い黄金の夢のあと
微かで淡い輝きとともに
　月は無色の光をおまえに注ぐ。

そしてまた、終に、おまえとともに喜びを分かち合うため
　これらの月夜に奪われた幸せ
おまえの目で見たのではないが、
　告発者になるか、証人になるのか。

III

そして私は、私の不安定な運命と
移りゆく天の変化《へんげ》に嫉妬する、
純粋な御顔の上に
　私だけの秘密のヴェールをかけて。

そして私の興奮した空想は続く
ただおまえのことだけを思いながら、
今宵の月はあまりに美しく
　ガリシアはまるで神の国の宮殿。

そこで私は誇りを持って言おう、この地球では
　光り輝くものはなく
鮮やかな煌めきを齎すのは
　私たちの愛する純白の月のみ。

しかし何という精神錯乱、そして何という空しい空想
　この私の頭脳を満たすもの！……
最も高きところから支配し
　我々を冷淡に見つめる女王。

そして　おまえの道を静かに進む
　いつも平然と穏やかに、
鎖に繋がれた捕虜のように
　私の運命を支配したまま。

もっと幸せな土地を求めておまえは輝く
　それは私たちの喜びの土地
豊穣の場所でなくとも　より美しく
　降臨がまだ実現していなくとも。

神はガリシア以外にかくも美しく
　光に満ちた、薫り高い、清新な国を知らない、
しかし神は　これらの至上の宝物とともに、
　ガリシアに悪の星も与えた。

Ⅳ

あなたは私に言う、さようならと。あなたを愛する人に、
　あなたは冷淡で余所余所しい、
燃え盛る太陽と比較するなら、
　結局、あなたは何なのか？　あぁ美しきひとよ。

さようなら……、さようなら、あなたは運命を愛する、
　色褪せた乙女、
そしてあなたは　ガリシアほど美しい土地を
　どこにも見つけられないのだ、幸運にも。

新たに私たちの故郷に、
　休むことなく　旅人が帰還してきた、
そして善良なケルト人は　暫し
　あなたに祈りを捧げた。

帰還した彼は　ガリシアの地に　葬列の代わりに、
　豊かな家庭が見えることを望んだであろう、
都市や、町や、村に、
　不在者たちが帰ってきたのであった。

第三十八章
# 言葉と概念

言葉と概念……二つの間には
大きな深淵があると、優秀な演説者は言う。
それではあなたが愛というものを知っていれば、答えて欲しい。
真実ではないのでは？あなたが沈黙していたということは真実ではない？
あなたが憎しみを抱いていたなら、
あなたは沈黙を守ってはいない、
隠蔽された闇の、あなたの心の一番奥底に恨みがあるならば、
一人の人間にあなたは真実を言えただろうか？
キッス、熱い視線、
神々の甘い言葉、

尖った短刀、裏切りの一撃、
地獄への愛の言葉、
　　けれども言葉とは空しいもの、
人生に憎悪も愛も溢れている、
痙攣する唇はドモリ、
　　混乱の挙句投棄される。
いったいあなたは何を言いたいのか！　不運で無言の、
あなたの奥底の、かくも親密なる秘所、
人間の言葉、トロトロとした、翻訳することのできない、
　　ヴェールで覆われた神秘。
病的に淋しく鼓動する心臓、
精神は衰弱し、ここに私の結論のすべてがある。
　　脆いグラスが割れた後、言葉の奥の本質は
いつもどこか知らない世界に行ってしまうのだ。

第三十九章

# 四月であった

四月であった、雪の重さのせいで
紫のアヤメがまだ撓んでいた。
十二月であった、太陽によって草々は枯れていた、
夏枯れの季節のように。
夏でも冬でも、間違いなく、
大人でも、老人でも或いは子供でも、
そして草も花も、運命の苦いあざけりの
永遠の犠牲者なのだ。
屈服する若者も、腰曲がりも、病人も、
老人になるまで長生きする。人生を愛でる

金持ちは死に、死を願う飢えた物乞いは
いつまでも生きている。

第四十章
# 高見でカラスたちが鳴いていた

高見でカラスたちが鳴いていた、
棺の周りに集まり嘆き悲しむ親戚一同、
その中には怒りの涙も混じっていた
それらの嘆きは悲しみの一大交響曲。

その交響曲の響きには
あるものは皮肉を含み　あるものは不作法であった、
またあるものは暗く、空しく、寡黙で
奏でる弦楽器は魂を傷つけた。

埋葬の歌が終わるとともに、
集まった多くの人々は
悲哀と　涙を拭い
死人を一人　墓に残して去っていった。

霧を裂いて、ただ遠くにしか見えなかった
黒い喪中の縁飾りがはためいていた、
空中に漂う羽のように
それは風が夜鳥から奪ったものであった。

第四十一章
# 燃えるような沸き立つ熱望

燃えるような沸き立つ熱望
目の回るような飛行
不確かな呟きとともに
我々を呼ぶあるものの後に。
天国の驚愕、
幸せは　私たちを驚かす。
このように心臓が隠されたものを捜すとき、
そのときこそ愛が始まるのだ。

居たたまれない不安、

心の深い苦しみ、
忘れられない思い出、
達成できない希望、
徹夜の一夜
昼間の愚鈍な眠り
愛し合った後に残るもの、
それは人生の腐った果実なのだ。

第四十二章
# 人間の正義を

人間の正義を、私は捜す、
　けれどもおまえを見つけるのは
単に言葉の中だけ、おまえの名前は拍手喝采されるが
現実の世界では執拗におまえは自己否定する。

——正義よ、おまえはどこにいるのか？——苦悩とともに
私は自問する、天国の正義では、
罪を犯すのは一瞬の出来事、
しかしこれらの罪人の激しい贖罪のためには
　地獄ではどれだけの時間を必要とするのであろうか？

第四十三章
# 愛に飢えた

愛に飢えた男に
　身を任せてしまった、
　可哀そうなサマリア人！
　自分の名誉も捨てて、
男たちの乾く唇と
　野卑な行いを無視しながら。

そのことを知らないふりをするなんて！　もうあなたは知っている、
私もそれを知っている、罪びとであることを
　裏切り者の哀れみにより
　しばし同情的となる、
言い寄る男が

愛を求めて帰ってくるなら
改めて罪びとになりなさい、
サマリア人よ。

帰って来てはならない、あなたに誓う
これらの渡り鳥たちは　その嘴で
汚した泉から
他の泉を求めて去ってゆくのだ。

（語彙注釈）
◇サマリア人：新約聖書ルカによる福音書にある「善きサマリア人のたとえ」。仁慈と憐れみを必要とする者を誰かれ問わず愛により助けるという教え。

第四十四章
# 夏とともに死を感じている

夏とともに死を感じている
　私は医者に見放された病人
　――秋には死んでしまうだろう！、
――憂愁と喜びの間に私は考える――、
そのとき　死んだ落ち葉たちが
　私の墓の上を舞っているだろう。

けれども……死もまた彼女とともに過酷であった、
　何故なら秋に彼女を殺さず楽しい春に殺すとは。
冬にも命を延ばし

この世がすべて生き返るとき
ゆっくりと彼女を殺したのだった、
美しい春の　楽しげな讃美歌とともに。

第四十五章

# 私の胸を締め付けるロープ

少しばかりの風でいつも呻き声を発する
私の胸を締め付けるロープ。
けれども風により私の心は押さえつけられ　いつも同じ音を出す、
単調な、震える、深い、そして重い。

昨日、そして今日もまた。
　私の窓を開いて、
東の空の夜明けの曙を見る、
それから　遠く太陽が沈むのを見る。

こうして幾年を過ごしたことであろうか、
死が私に近づいてきたとき、
それは罪であるかも知れないが、私は言う、
——死は何という幸福、何という幸せ！

第四十六章

# いいえ！確かに、

いいえ！……確かに、あなたは愛によって生まれたのではない、
憎しみによって生まれたのでもない、
愛も憎しみも　同じ方法で
心臓を傷つけるのだ。

固い岩のように
足元の　或る　寂しい小川から
動くことなく　忘れられて
愛することも嫌われることもなく生きることを　渇望したい。

第四十七章
# 人生の喜びは

人生の喜びは　あの稲妻の光のように
一瞬に輝き、
跡形もなく
影のように消えてしまうもの。

私は　拍手喝采の空しい評判で
私の心をかき乱すことなく、
戦いの場である孤独な悲しみの
この一瞬の輝きをこそ愛する。

第四十八章
# 私のあなた、

I

私のあなた、あなたの私、私の愛しいひと
——二人とも呟いている——
「人生の本質は愛である、
愛のない人生など考えられない。」

何と美しい調和の時代であることか！……
何と白い太陽の光線！……
囁きで一杯の　何と生暖かい夜、
何という祝福のひととき！

何という香しく、素晴らしい芳香、何という美を
　神はお作りになったのか！
微笑む恋人たちの間で聞こえる呟き、
　「愛のない人生なんて！」

II

それから、束の間の微かな煌めき、
　敏速な一陣の風のように、
愛が通り過ぎた……人生の本質……
　しかし……おまえはまだ二人で生きていた。

「他人のあなた、他人の私」、後になって言っていた。
　あぁ　嘘つきの世の中！
静かで平穏な夜はもうない、
　太陽の輝きは濁っている……

そしてまだ、古いカシの木、おまえは耐えているのか？
　女よ、ドキドキするおまえの心臓は？
すでに錯乱している時代ではない、
　永久に逃げて行った場所から戻るべきではない。

夢を見てはならない、あぁ！　寒くて悲惨な
　冬がやって来た。
雪の上の足跡、勇ましく、歌いなさい
　エネルギーに満ちた声で。
愛よ、不死なるものよ、地球の掟よ、
　永遠に、さようなら！

第四十九章
# 泣いている人よ、一人で行くなかれ

泣いている人よ、一人で行くなかれ
あなたの涙を拭うな、後生だから！　私の溢れる涙、
魂の苦しみはかくも深いのに、
決して、決して　幸福には巡り合えない。

人生は運命の玩具、そしてつまらない芸術家、
悲しみと、喪失感とともに。
けれども苦しみは私とともにすべてを持ち去った、
私を苦しみの伴侶として。

第五十章
# あぁ、急いで人生に登ろう

あぁ！　急いで人生に登ろう
その都度更に坂道は急峻となる！
私を押してください、苦しみよ、そして私を見つけてください
そこは無人の空想の頂き。

　恋人でも、友人でもないあなた
あそこまで私に付いて来なさい、
前進しましょう！……私は死を熱望している
　激しい孤独！

けれども、何故に登るのか？無益に疲労して
疲れた人生の炎、
私たちにはできる、不幸にも！
それを小さな一吹きですぐに消すことができる！

私の足元の咆哮する海、壮大なる墓！
荒れ狂う波は破滅のように岩に砕けて粉々となる
そして悲しい一日の終わりがやって来る
まるで人の希望が潰えるように。

死すること！　これこそが真実、
そしてすべてが残り、嘘と煙……
　そして広大なる深淵
深みに埋葬された人の体のように。

可能性と確かさの後に出会ったもの

不幸な自死　誰がそれを予測できようか？
　　人は待っている
死後にこそよい人生があるのだと！

GOBIERNO DE ESPAÑA
MINISTERIO DE EDUCACIÓN, CULTURA Y DEPORTE

本書の出版にあたってはスペイン教育・文化・スポーツ省2014年度翻訳助成金の支援を受けた。

Esta obra ha sido publicada con una subvención del Ministerio de Educación, Cultura y Deporte de España de 2014.

# ロサリア・デ・カストロ年譜

**一八三七年**（当歳）二月二十四日午前四時、サンティアゴ・デ・コンポステーラのカミーノ・ノヴォ（現在のビジャグラシア通り一番地）にて生まれる。父親の名はフォセ・マルティネス・ヴィオーフォ（三十九歳、当時神学生で後にイリアの教会の司祭となる）、母親は郷士（貴族と平民の中間）の娘マリア・テレサ・デ・ラ・クルース・カストロ（三十三歳）であった。王立救護院（現在のパラドール「ホテル・レイーエス・カトリコス」）で私生児として洗礼を受ける。洗礼名はマリア・ロサリア・リタ。代母はマリア・フランシスカ・マルティネス。

**一八三八年**（一歳）生後すぐに里子に出されたのち、父方の二人の叔母に引き取られカストロ・デ・オルトーニョで過ごす。

**一八四〇年**（三歳）この年より母親とともにパドロンで住み始める。（レストローベのソル通り四番地）

**一八四八年**（十一歳）サンティアゴのサン・アグスティン修道院で初めて自作の詩を朗読する。

一八五〇年（十三歳）母とともにサンティアゴに転居。（バウティサードス通り）アミーゴス・デル・パイス学校（現在のロサリア・デ・カストロ高等学校）に通い始める。

一八五二年（十五歳）ロマン主義詩人アウレリオ・アギーレを知る。

一八五三年（十六歳）ムシアの巡礼の旅でチフスに罹るも一命を取りとめる。（一緒に行った、エドワルド・ポンダールの妹、エドワルダは助からず）この年はガリシアの大飢饉の年でもあった。

一八五四年（十七歳）ヒル・イ・サラーテの演劇「ロスムンダ」の主役を演じ、大成功を収める。

一八五六年（十九歳）三月二日アギーレ主催による労働者と学生のパーティ（「コンフォの宴」）に参加。四月にマドリッドに出発。バジェスタ通り十三番地の伯母宅（今も同じ場所に現存）に寄宿。この年、ベッケルを知る。

一八五七年（二十歳）処女詩集『ラ・フロール』（スペイン語）を出版。売れっ子小説家であったマニュエル・ムルギアがその書評を「イベリア」誌に掲載。

一八五八年（二十一歳）七月三十日（二十九日の説もあり）にアギーレがラ・コルーニャの海岸で溺死。（自殺とも事故死とも言われる）その二ヵ月後の十月十日、マドリッドのサン・イルデフォンソ教会でムルギアと結婚式を挙げる。

一八五九年（二十二歳）公文書館勤務のムルギアの仕事の関係で、以後何度も転居を重ねる。

五月十二日サンティアゴ・デ・コンポステーラで長女アレハンドラを出産。ビーゴで最初の小説『海の娘』（スペイン語）を出版。

一八六〇年（二十三歳）一月三十一日サンティアゴ・デ・コンポステーラでファン・デ・アリサの演劇に出演。（モロッコ戦争の負傷者への慰問公演）

一八六一年（二十四歳）マドリッドの十一月二十四日付け「ムセオ・ウニヴェルサル」誌に最初のガリシア語の詩「さらば川よ」を発表。二冊目の小説『フラヴィオ』（スペイン語）をマドリッドにて出版。

一八六二年（二十五歳）六月二十四日、サンティアゴ・デ・コンポステーラ（ヴィジャール通りの自宅）にて母マリア・テレサが五十八歳で病死。

一八六三年（二十六歳）『ガリシアの歌』（ガリシア語）と『我が母へ』（スペイン語）をビーゴのコンパニェル社より出版。『ガリシアの歌』はガリシア第二期文芸復興（第一期は一八五〇年～六十年）の嚆矢とされる。

一八六四年（二十七歳）十一月三十日ルーゴで神学生によるロサリアの出版物への妨害事件発生。

一八六五年（二十八歳）ムルギアの仕事でルーゴに転居。

一八六六年（二十九歳）マドリッドの「ムセウ・ウニヴェルサル」誌に小説『廃墟』（スペイン語）を発表。ルーゴにて小説『エル・カディセーニョ』（スペイン語）を出版。

一八六七年（三十歳）ルーゴにて「クエント・オストラーニョ」誌に小説『青いブーツの騎士』（スペイン語）を発表。

一八六八年（三十一歳）九月革命によりムルギアはシマンカスの公文書館館長に任命される。

十二月七日サンティアゴにて次女アウラが誕生。

一八六九年（三十二歳）第二詩集『新葉』（ガリシア語）の大半を書き上げる。

一八七〇年（三十三歳）九月よりマドリッドに転居。十二月二十二日、サロン仲間であった詩人ベッケルの死。ムルギアはラ・コルーニャのガリシア公文書館館長に任命される。

一八七一年（三十四歳）七月二日、ラス・トーレス・デ・レストレーベ（パドロン）にてガラとオビディオの双子を出産。十二月に父親フォセ・マルティネス逝去。この年よりロサリアは家族とラ・コルーニャに転居。

一八七二年（三十五歳）『ガリシアの歌』の第二版をマドリッドのレオカディオ・ロペス書店より出版。初版本に四編が加えられ三十七編からなり、これが決定版となる。

一八七三年（三十六歳）七月十七日ラ・コルーニャで四女アマラが生まれる。

一八七五年（三十八歳）王政復古の新体制により、ムルギアは館長職を失職。家族はサンティアゴに転居。三月二十日次男アドリアーノが生まれる。この年、サンティアゴ詩歌コンテストが開催される。

**一八七六年**（三十九歳）十一月四日、二歳の次男が机の上から落ち事故死する。
**一八七七年**（四十歳）二月二十四日、バレンティーナを出産するも死産。この年よりパドロンを終の住処とする。
**一八八〇年**（四十三歳）マドリッドとハバナでガリシア語の第二詩集『新葉』が出版される。この詩集には彼女が名誉会員となっているハバナのガリシア出身者慈善協会あての献辞が添えられてある。
**一八八一年**（四十四歳）小説『最初の狂気』（スペイン語）、エッセー「ラモスの日曜日」、「パドロンと洪水」、「ガリシアの風習」等を発表。
**一八八四年**（四十七歳）最後の詩集『サール川の畔にて』（スペイン語）をマドリッドで出版。カスティーリャ語で書かれたスペイン・ロマン主義文学の最高傑作の一つと言われる。
**一八八五年**（四十八歳）子宮癌の病状悪化。アウロサ（アロサ）のカリールに暫しの静養をする。七月十五日正午、パドロンの自宅にて永遠の眠りにつく。アディナの墓所に埋葬される。最後の言葉は、
「窓を開けて、海が見たい……」
であった。
**一八九一年**　五月二十五日ロサリアの遺体はアディナの墓所から、サンティアゴ・デ・コンポステーラのサント・ドミンゴ・デ・ボナヴァル教会に移されチャペルに祭られる。今もその祭

壇には献花が途絶えることはない。
一九二三年　ロサリアの夫マニュエル・ムルギア死去。『ガリシア史』（全五巻、一八六五〜一九一三年）等の功績により、生前「ガリシア栄誉賞」を受賞。
一九四九年　ロサリアの亡くなった「マタンサの家」をロサリア財団が引き取る。
一九六三年　『ガリシアの歌』出版百年記念の祝典で、ガリシア王立アカデミーにより五月十七日が「ガリシア文学の日」と定められる。
一九六四年　一月十四日、ロサリアの双子の女子ガラがラ・コルーニャにて九十三歳で没。ロサリアの家系の最後の一人であった。
一九七二年　「マタンサの家」を「ロサリア記念館」として一般公開を開始。
一九八五年　ロサリア没後百周年記念行事が全国規模で催される。（五百ペセタ紙幣にロサリアの肖像とマタンサの家が使われる）
二〇一三年　『ガリシアの歌』出版百五十年記念として、ロサリア記念館館長のアンショ・アンゲイーラ氏（Profesor Anxo Angueira）主催による大々的な周年行事が展開された。

（桑原真夫編）

# あとがき

二〇一四年十月十一日、東京、駐日スペイン大使館。この日は恒例のスペイン大使夫妻主催による「スペイン・ナショナル・デー」のレセプションであった。この時、私は若く見目麗しい女神のようなスペイン女性と知り合った。Profesora Ana Piñan Àlvarez（アナ・ピニャン・アルバレス女史）は神田外語大学のスペイン語の先生として着任したばかりであった。私が、今度ロサリア・デ・カストロの『サール川の畔にて』の出版を計画していると言うと、すかさず「誰が翻訳するのか？」と彼女から質問がきた。私は、すでに私自身が『我が母へ』（スペイン語）と『ガリシアの歌／上巻・下巻』（ガリシア語）を翻訳し出版しており、ロサリアの伝記である『ロサリア・デ・カストロという詩人』も発行していることを説明した。すると彼女は親切にも「私があなたの翻訳のアドバイザーとしてお役にたつのならいつでも協力する」と申し出てくれた。

それから、苦闘の一年が始まった。十九世紀のスペイン語ではあるが、現代のスペイン語と殆ど違和感もなく、翻訳は数か月で終わるであろうと高をくくっていた。ところが、スペイン十九世紀の最高傑作の一つと言われる『サール川の畔にて』はそのような生易しいものではなかった。そもそも何故ガリシア語ではなくカスティーリャ語（スペイン語）で書かれた詩集であるのかも知らなかった。早速、私はアナに問い合わせた。『ガリシアの歌』（一八六三年）をガリシア語で出版したロサリアはガリシア文藝復興の旗手として大いに評価されたのであるが、一方、あまりに露骨にガリシアの風習を世に晒したため修道院を始め多くの保守派から痛烈な非難を浴びた。無理解な保守派の悪行とガリシアへの失望がこの『サール川の畔にて』を書く直接的な動機となったとのことであった。しかもガリシア語ではなく、スペイン語で。

第二版から載せられた夫マニュエル・ムルギアによる序章の冒頭に、短い引用文がある。この文章をアナに見せても、友人のスペイン人たちに見せても、誰も何語か分からない。困ってガリシアの旧知の詩人ルースにメールで問い合わせてみた。しかし、彼女にも何語か分からない。結局ガリシアのアカデミー会員である彼女は何人かのアカデミアンのオーソリティに尋ねてみた。そして終にそれが十二世紀の古いフランス語の詩であることが分かった。この詩は正に本著の最初の詩「サール川の畔にて」のロサリアの詩境を暗示したものであった。

スペイン語で書かれたこの詩集の一つ一つは、彼女の心の葛藤、信仰と無神論との相克、神の愛と進展する科学、愛するガリシアと憎きガリシアとの骨肉の争い、息子の事故死に対する諦めと信仰、進行する子宮ガンと家族の成長など、近付く死期に向けて、ロサリアの心の中は激しい叫びの日々ではなかったか。「我々はどこから来たのか？　我々は何者か？　我々はどこへ行くのか？（D'où venons-nous ? Que sommes-nous ? Où allons-nous ?）」、ロサリアが亡くなって十二年後、ゴーギャンがタヒチで同じテーマの大作を完成している。

「あなたの王国は存在しない！　それが真実！」「あなたは存在し、空夢ではないことを私は知っている」「無知という畑のガリシアよ」「ガリシアが、かくも美しく、偉大で、幸せな、神のお恵みで満たされた国である」と、ロサリアの心の中で二つの炎が打ち消し合う。決して終わることのないテーマである。多分、ロサリアの死後も。この詩集には深い厭世観と人の悲しみが常に漂う。底本としてアリアンサ社の『Rosalía de Castro Poesía』を使用した。夫ムルギアは彼女の徐々に消えてゆく余命を考え、これらの扞格する詩を彼女が亡くなる一年前に一つの詩集として取りまとめ、マドリッドで出版した。こうして永遠のテーマを抱えたままこの詩集とともに彼女は昇天した。四十八歳であった！

私が一九八五年にマドリッドでロサリア・デ・カストロ没後百周年に遭遇して以来、三十年が経った。この間、前述の三冊の翻訳本を上梓しロサリアの伝記まで書き上げた。また、セルバンテス文化センターや東京大学等で、幾度となく講演会でロサリアの発表をしてきた。日本経済新聞の文化欄にもロサリアに関する私の記事が大きく掲載された。ロサリアの主要な詩集で日本語への翻訳が残されているのは『新葉』（ガリシア語）のみである。

ロサリアを介し、これまで数多くのスペイン人と接してきた。サンティアゴ・デ・コンポステーラを、ア・コルーニャを、ヴィーゴをどれだけの回数訪問したことであろうか（多分数十回に上るであろう）。今回の『サール川の畔にて』の翻訳にあたってはアナという女神が現れた。改めてアナに感謝の気持ちを表明したい。これから『新葉』の翻訳に向けて、新たなエネルギーを蓄えたいと考えている。

最後に、ロサリア・デ・カストロ（一八三七年～一八八五年）は、グスタボ・アドルフォ・ベッケル（一八三六年～一八七〇年）とともに十九世紀スペインを代表するロマン主義詩人の双璧であるが、彼女の生涯については小著『ロサリア・デ・カストロという詩人』（沖積舎）に詳しく述べられてあるので繙読いただければ幸いである。念のため最近発行されたスペイン文学の案内書（『スペイン文学案内』佐竹謙一著：岩波書店刊）にロサリア・デ・カストロに関する説明文があるのでこれを抄出して、筆を擱きたい。

サンティアゴ・デ・コンポステーラ生まれの私生児であったカストロは、後述するベッケルと並んでこの時期の二大抒情詩人の一人である。彼女はいかなるときも故郷の美しさを賛美し、孤独、不安、恐怖など自分自身の深刻な問題を紙面に発露したり、空腹に苛まれる人々や故郷を追われた人々の苦しみについても相手を思いやる心で語ったりする。いわば、内面感情が詰まった社会派タイプの詩といえよう。処女詩集の『花』（一八五七）に始まり、代表作には『ガリシアの歌』（一八六三）、『新葉』（一八八〇）、『サール川の畔にて』（一八八八四）がある。このうち、ガリシアの雄大な自然を讃え、カスティーリャに対して故郷の精神を称揚する民族主義的な詩『ガリシアの歌』と、深い絶望に陥った自身の人生像でもある『新葉』はガリシア語で書かれている。『サール川の畔にて』には厳しい現実に対する彼女自身の厭世観や深い悲しみが漂い、死の強迫観念すらうかがわれる。故郷ガリシアの自然さえも詩人の心模様に同調するかのように、もの悲しい調べを奏でている。

二〇一六年二月二十九日

備後鞆の浦にて　訳　者

# ロサリア・デ・カストロ参考文献


Rosalía de Castro Poesía (Mauro Armiño, Alianza) 2003

Obra completas de Rosalía de Castro, Tomo1 & Tomo2(Aguilar) 1988

Obra completas, Rosalía de Castro, Tomo1 & Tomo2(Biblioteca Castro Turner) 1993

Cantares gallegos, Rosalía de Castro(Ediciones Akal) 1994

Rosalía de Castro(Xesús Alonso Montero; Ediciones Júcar) 1972

Rosalía de Castro, La luz de negra sombra(Eugenia Montero, SILEX) 1985

Rosalía de Castro(Xesús Alonzo Montero, Edicions do Patronato) 1993

Páxinas sobre Rosalía de Castro(Xesús Alonzo Montero, XERAIS) 2004

Vida secreta de Rosalía(Luz Pozo Garza, Espiral Maior) 1996

La poesía de Rosalía de Castro(Marina Mayoral, Editrial Gredos) 1974

Rosalía de Castro, Cantares gallegos(Anxo Angueira, XERAIS) 2013
Extranjera en su patria(Carmen Blanco, Galaxía Gutenberg) 2006
Diálogosna Casa de Rosalía(Edición da Fundación Rosalía de Castro) 2006
En torno a Rosalía(Xesús Alonzo Montero, Ediciones Júcar) 1985
Rosalía de Castro en 1963(Ana Belén Vázquez Pardal, Fundación Rosalía de Castro) 2001
O Àlbum dos amigos de Rosalía(Patronato de Rosalia de Castro) 1985
Revista de estudios Rosalianos(Xesús Alonzo Montero, Fundación Rosalía de Castro) 2000
Cora Poética para Rosalía de Castro(Xesús Alonzo Montero, Edicións Xerais de Galicia) 1985
Diálogos con Rosalía(Luz Pozo Garza, Real Academia Galega) 1996
Rosalía de Castro Obra completa(Fundación Rosalía de Castro) 1996
Rosalía de Castro entre a poesía e a política(Carlos Baliñas, Edicións do Patronato) 1987
Rosalía de Castro antoloxía(Limiar:X.L.Méndez Ferrín, Introdución e selección de textos de Anxo Angueira, XERAIS) 2003
Vida de Rosalia (Mannel Lorenzo Baleirón) Fundación Rosalia de Castro 2013

Un hiver à Majorque(Gerge Sand, Palma de Mallorca) 1968
Ovidio Murguía(Pedro Rielo Lamela, Xunta de Galicia) 2004

Poesía española El siglo X IX (Ricardo Navas Ruiz, Editorial Crítica) 2000
Padrón cuna de escritores Antrogía(Fundación Rosalía de Castro) 2004
Mil Años de Poesía española(Francisco Rico, Planeta) 1996
Historia de España〈La Restauración〉(Àngel Bahamonde y Jesús A.Martínez,CATEDRA) 1998
Historia da Literatura(F.Fernández del Riego, Galaxia) 1984
Literatura Galega(Anxo Tarrío Varela, XERAIS) 1998
Manuel Murguía(Francisco A.Vidal, Toxosoutos) 1998
Daquelas que cantan....(Cincuentenario da Fundación Rosalía de Castro) 1997
EL PAIS, lunes 15 de julio de 1985
EL PAIS, martes 16 de julio de 1985
EL PAIS, jueves 23 de agosto de 2001

『ロサリア・デ・カストロという詩人』（桑原真夫、沖積舎）1999年
『我が母へ』（桑原真夫、沖積舎）2006年
「ロサリア・デ・カストロとその家族」ガリシア州政府主催の講演録（セルバンテス文化センター東京）2008年
『ガリシアの歌・上巻』（桑原真夫、行路社）2009年

『ガリシアの歌・下巻』（桑原真夫、行路社）2011年
『スペインのガリシアを知るための50章』（坂東省次・桑原真夫・浅香武和、明石書店）2011年
『ルース・ポソ・ガルサ詩集』（ロサリアの秘密の生涯）（桑原真夫翻訳、土曜美術社出版販売）2012年
『スペイン文学案内』（佐竹謙一、岩波文庫）2013年
「十九世紀スペインの詩人ロサリア・デ・カストロ」日本詩人クラブでの講演録（東大・駒場）2013年

# 訳者略歴

**桑原真夫**（くわばら　まさお）　本名　中西省三
　一九四七年三月広島県鞆の浦生まれ。北大（経）卒。
三井銀行（現三井住友銀行）に入行後、ブリュッセル、マドリッド、ロンドン等
　ヨーロッパに約十四年在勤。

**著書**（詩集）
『プラネタリュム』（私家版）『終焉』（私家版）『落花』（私家版）『窓』（私家版）『花へ』（山手書房新社）『おもかげ』（土曜美術社出版販売）
（エッセー）
『斜めから見たスペイン』（山手書房新社）『それぞれのスペイン』（共編著、山手書房新社）『スペインの素顔』（河出書房新社）『スペインとは？』（沖積舎）
（訳書）
『モロッコ』（共訳、同朋舎出版）『我が母へ』（沖積舎）『ガリシアの歌

（上巻）』（行路社）『ガリシアの歌（下巻）』（行路社）『ルース・ポソ・ガルサ詩集』（土曜美術社出版販売）

（伝記）『ロサリア・デ・カストロという詩人』（沖積舎）

（歴史）『スペインの王権史』（共編著、中央公論新社）

（ガイドブック）『スペインのガリシアを知るための50章』（共編著、明石書店）『マドリードとカスティーリャを知るための60章』（共著、明石書店）『現代スペインを知るための60章』（共著、明石書店）『ロンドンを旅する60章』（共著、明石書店）『スペイン文化事典』（共著、丸善）

所属　日本詩人クラブ、スペイン現代史学会、スペイン史学会、日本イスパニア学会、京都セルバンテス懇話会、遠藤周作学会、日本観光研究学会。

# サール川《がわ》の畔《ほとり》にて

著者
ロサリア・デ・カストロ
訳者
桑原真夫
発行者
小田久郎
発行所
株式会社思潮社
〒一六二―〇八四二　東京都新宿区市谷砂土原町三―十五
電話〇三（三二六七）八一五三（営業）・八一四一（編集）
ＦＡＸ〇三（三二六七）八一四二
印刷・製本所
三報社印刷株式会社
発行日
二〇一六年三月三十一日